张丽钧

著

改魂从来不慌张

北京联合出版公司
Beijing United Publishing Co.,Ltd.

图书在版编目（CIP）数据

玫瑰从来不慌张 / 张丽钧著. -- 北京 : 北京联合
出版公司, 2023.4
　　ISBN 978-7-5596-6689-5

　　Ⅰ.①玫… Ⅱ.①张… Ⅲ.①散文集 – 中国 – 当代
Ⅳ.①I267

中国版本图书馆CIP数据核字(2023)第031423号

玫瑰从来不慌张

作　　者　张丽钧
出 品 人　赵红仕
责任编辑　徐　樟
图书监制　马利敏　孙文霞
策划编辑　李　辉　陈阿猫
封面设计　末末美书
封面插画　阿竹uzoo
版式设计　姜　楠

北京联合出版公司出版
（北京市西城区德外大街 83 号楼 9 层　100088）
北京时代华语国际传媒股份有限公司发行
唐山富达印务有限公司印刷　新华书店经销
字数188千字　880毫米×1230毫米　1/32　10印张
2023年4月第1版　2023年4月第1次印刷
ISBN 978-7-5596-6689-5
定价：59.80元

目录

玫瑰从来
不慌张

第一章

孩子，其实你不必这样

第二章

我不能悲伤地坐在花地

第三章

为你，我说过多少颠三倒四的话

第四章

你的名字里藏着一个海

第五章

世界以痛吻我

第六章

美人尺

第七章

玫瑰为开花而开花

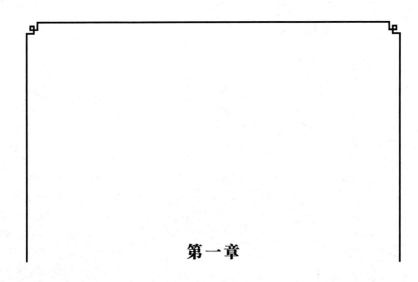

第一章

孩子，其实你不必这样

| 吾生

早年的学生顺子来看我，聊得开怀。他突然抛给我一个问题："老师，您还记得毕业时您送我的书上的题词吗？"

我说："记得——顺天顺行、顺水顺风。"

他笑了："没错。但是，我想问您在这八个字下面还写了什么？"

"还写了什么？无非就是'顺子存念'之类的话呗。"

顺子摇头，说："您写的是'吾生顺子存念'。"

我笑起来："反正是一个意思。"

顺子说："才不一样呢！您不知道，当年我捧着那本书，盯着'吾生'两个字看啊看，看啊看——您别笑！我先把它解释成了'我生养的孩子'，一想，不对。又琢磨，莫非是'我的学生'？好像是，又好像不是。回到家，我认真查了词典，明白了这里的'吾生'原来是长辈对晚辈的敬称。但是，我还是执拗地认为您写给我的'吾生'有更深切、更复杂的含义……后来，我谈恋爱了，我把您赠的书拿给我女朋友看，还特意把我对'吾生'一词的探究过程讲给了她听。您知道吗，她听后感动极了。她后来对我说，她当时就想了：一个能让老师这么看重的学生，肯定值得托付终身！就这样，我们的关系很快就确定下来了。——您瞧，您写的'吾生'那两个字，还是我们的大媒呢！"

顺子告辞了，我的思绪却在他讲的故事上流连，久久不肯回来。

我多么喜欢顺子对"吾生"二字的解释——不管它是谬解还是正解。当我在尘世间遇到一茬茬年龄相仿的孩子，当我亲眼见证了他们效我、似我、逾我的奇妙过程，我分明感到自己生命的宽度与长度都在可喜地延展着，一如春天在花香中骄矜地扩展着她的地盘。

柏拉图在他著名的《会饮篇》中将人类的生育繁衍分为了两类，一类叫作"身体生育"，一类叫作"灵魂生育"。而在这两类生育当中，他更看重的是后者。在他看来，人与"睿哲""美德"结合所生育出的"灵魂分娩物"，对于他的生命而言是更为紧切的。我想，身为教师的我，不正拥有着自己众多的"魂生子女"吗？如果说"身生子女"是我与爱结合的产物，那么，"魂生子女"则是我与美结合的产物；如果说前者的形貌是我在一种悬疑之后的无奈接受，那么，后者的形貌则应该是我在一番深情雕琢之后的必然所得！——吾生，你不就是我生养的孩子吗？你是我的"灵魂分娩物"啊！

　　当然，我也会欢笑着接受你将"吾生"解释为"我可敬的晚生"。我深知，今天我们拥有怎样的课堂，明天我们将拥有怎样的社会。恰如柏拉图所言，当教师遇到一个中意的学生，"马上滔滔不绝大谈美德，大谈一个好人该是什么样、得追求什么——急切地要言传身教……"与其说我在关怀着你，不如说我在关怀着自己的明天。我愿意把你托举到一个高度，让你对这个高度着迷、上瘾，让你从此不能忍受在这个高度之下匍匐而活。吾生，你可知，我一次次做着同样的梦，我梦见自己开了一家"翅膀店"，每一个孩子都可以来这里支领一对适合自己的翅膀；然后，我老了，白发飘飘，闲适地坐在长椅上，幸福地看你们飞翔。

　　——吾生，汝非我之所生，却又是我之所生。我不能不在意我当初的一句殷殷叮嘱如今长成了你身上的哪一块骨骼，我不能不去想我今朝的一汪苦泪可否期待你于明日酿成一樽美酒。

　　吾生，须知，无论你为官为民，身后都有一双寄望的眼睛，愿你向善而行、向上而行、向美而行；无论你置身海角天涯，为师都祝你身携一个行走的母校，无惧，亦无忧……

请等一等

毕业合影的时候，有一个班级一直在等人。

毒毒的太阳照着我们，连摄影师都有些不耐烦了，他说："就你们这个班磨蹭！"

班主任不好意思地说："请等一等。已经派人去叫了，马上就来。"

过了一会儿，呼哧带喘地跑来了两个男生。在热烈掌声的伴奏下，两人飞快地站进了队伍。

班主任一声令下："可以拍了！"

拍摄完毕，我忍不住问班主任："你们班那两个男生怎么迟到那么长时间？"

班主任说："不是的。其中一个是班长，另一个是因患抑郁症休学的同学。那个休学的同学复学后到下一个年级上课了。但就在刚才，他原来的同桌跟我说：老师，既然咱们拍的是全家福，那就一个都不能少！咱们应该叫上他。我觉得他说的有道理，所以就派班长跑到高二的课堂上，把他叫了来……"

我半天说不出话，只是在心里想：如果这个被喊来的是我的孩子，我这个做母亲的该有多欣慰！因为，我的孩子被他原来所在的班级标注了"重要"。

我是一个不容易卸下心事的人。一连几天，我都在想那个班级顶着不知情者的不耐烦执着地等一个重要人物的暖事。当他们等的人出现，他们的掌声那么热烈，热烈得有些不正常。我想，我若是那个被欢迎的人，定然瞬间就会被治愈。

不由想起我们大学毕业时拍毕业照。一个叫周月亮的同学没有赶到。那张毕业照没有等他……如果时光能够倒流，我一定跟大家说"请等一等"，然后去找周月亮，哪怕找到天边。

| 无惧光阴窃华年

听课的时候，我喜欢坐在教室前方一侧，面朝全体同学。先前，我们用的还是那种飘灰粉的老粉笔，老师擦黑板的时候，我往往会"沾光"，发上衣上落满"霜雪"，那我也不肯挪到后面去。我喜欢看学生听课的表情，喜欢看他们顿悟时眼里的光，也喜欢看他们犯傻时脸上的锈。最近一次听课，因为天热，我听课的班级大敞着前门，对面班级门边坐着的女生一抬眼，瞄见了我，朝我摆手，做"勾引"状，脸上的表情分明在说："唉！咋不来我们班听课呀？"我佯嗔地皱眉，指指她班的讲课老师，示意她专心听讲。

考试的时候，我担任"主考"，胸前挂着个严肃的标识牌，穿了软底的鞋子，背了手，冷着脸巡视考场。当我路过一个考场时，门口坐着的一个男生看见了我，把手半藏在桌斗里，隐秘亲热地向我摆动，同时嘴上无声地说了句"老师好！"。我忍不住笑起来——这是多么不适宜问好的场合呀，但是，他依然要克服重重困难向我问好。

出差回来，隔壁的老师告诉我说，有个女生找了我好多趟了，问她有什么事，她也不说。我问："是不是眼睛会笑的那个小女孩？"她蒙了："眼睛会笑？可我……没注意她眼睛会不会笑呀。"后来，女孩来了，恰是眼睛会笑的那一个。我说："听说你找了我好几趟？"她说："是啊是啊！我一下课就跑过来看看。您怎么出去这么久啊？"我说："久吗？才三天啊！"她说："如果您再不回来，就该过期了！"说着，把一直背着的一只手举到我面前："鲜花饼！我妈妈去云南旅游带回来的！味道跟咱们学校博士园的鲜花一样一样的，我猜您一定喜欢吃！"我接过那个鲜花饼，小心翼翼地揭开印花油纸，当着女孩的面，吭哧就咬了一口。女孩欢呼着跑掉了。

…………

我每天就在这些琐屑的快乐中穿行。我知道，就在我陶醉地咂摸这些"小确幸"的时候，有壮士登顶，有豪杰扬名，有巨贾签约，有新星陡升……而我，安静地守着一个个有温度的小故事，不怕被光阴偷走了华年，笑吟吟地听秋风吟诵："渥然丹者为槁木，黟然黑者为星星。"

我不相信这些故事会风过了无痕，相反，我相信它们都具备着种子般的能量——落入心壤，萌蘖繁衍，生生不息。在遥遥的未来，当朔风窃走了我的记忆，我或许能凭借一张脉络别致的叶子，幸运地破解了岁月的密码。

多年前，给一位老者留名，我写了"张立君"三个字。他览罢讶异地望向我，那意思明摆着——咋写个假名诓我？我笑着解释说："这是我身份证上的名字哦！"他拊掌笑道："这个名字好！这个名字好啊！这是个好老师的名字——立君立君，培立君子也！"我一直把老先生这番话看作是对我的策勉，不断提醒自己：我的名字里藏着一种看不见的力量和祝祷呢！命运注定了，我就应该在这菁菁校园里筑梦、圆梦，我就应该与一茬茬美妙的青春在此遇合、凝合。

我从不怀疑，拥有共同记忆的幸福，是幸福中的极品。当我们将自己的生命欣然楔入爱者的生命，我们的生命就有机缘借助爱者蓬勃、葳蕤、蔓延。

"老师，您还记得吗？那一次我们班有十几个同学都没有交作业，您把我叫出去，眼里含着泪水说：别人不交作业可以，你不交作业不可以！因为，你在我眼里跟他们不一样……现在，我发展得这么好，毫不夸张地说，全归功于您那一句'你跟他们不一样'啊！"我在心里偷笑了一下，暗道："乖乖，那是我的小伎俩呢！我跟所有没交作业的同学都说了这句话呀。"

| 那个叫"勺"的女生

那年招生的时候，教务处的老师笑着告诉我说："今年录取的新生中有个女生叫勺——勺子的勺。这名字，怪死了！"

第一次与勺见面，是在校园里的那一小片花生地前。上课的预备铃响了，还有个单单薄薄的小女生站在那里，老远冲着我笑。我问她："你怎么还不快回教室啊？"她说："校长，我在等您过来。我想告诉您，花生地里的草是不能拔的。您看，拔了草，带出了这么多小花生，都糟践了，多可惜呀！我们家种过花生，拾掇花生地，我可是个行家！"我夸赞了她，顺便看了一眼她的胸牌，居然，她就是勺。

再见到勺时，是在食堂。我端着餐盘凑到她跟前，告诉她说，她一句话保住了许多花生的小命，秋后该赏她多吃几粒花生呢。她含着一大口饭，开心地笑出了声。我问她："你名字为什么不写'芍药'的'芍'呢？——你见过芍药吗？原先，你们宿舍后面那儿就有一大片芍药，春天开花，可好看了！"她说："我只在电视上见过芍药开花，没见过真的。当初我爷爷给我起名的时候，起的就是"勺子"的"勺"，说是名字孬，好拉扯。"我笑指着她手中的不锈钢勺子说："勺用勺，勺咬勺——这太有趣了！"

后来，德育处遇到了一桩挠头的事，一个女生宿舍的几个住宿生一同找到德育处主任，说她们宿舍老丢东西，小到纸巾，大到毛衣，什么都丢。德育处主任问她们是否有怀疑对象，她们异口同声地说："是勺！"

"她们有什么根据说是勺干的呀？"我有些激动地质问德育处主任。他嗫嚅道："她们也没啥根据，就是觉得勺来自农村，家里挺穷的。另外，这个宿舍里，别人都丢过东西，就勺没丢过。"我说："其实，你刚才所说的前一条就可以解释后一条——正因为勺家里穷，她的东西都不值钱，所以才不会招贼呀！另外，勺要是挨个儿偷，偏偏把自己剩下，那不是不打自招了吗？一个人得蠢成啥样才会这么干呀？"

很快，勺的班主任跑来找我，说大家错怪了勺，让我千万别生气。想着那个单单薄薄的小女生因为家穷就无端地被人怀疑成小贼，我的眼睛禁不住酸涩起来。

几次大大小小的考试，勺的班主任都是在第一时间就将勺的成绩和排名发到我手机上。勺的成绩不太好也不太坏，波动也不大。

寒假开学后的一天，勺的班主任问我："勺怎么没有来上学呀？"我说："是吗？我不知道啊。你给她家打个电话问问吧。"她惊异地看着我说："您不知道吗？她家没有电话呀！——我想法子找同学问吧。"

没有等来勺，却等来了勺的父亲——一个独臂的男人。他是来为勺办转学手续的。

我问："怎么刚读了半年就转学呀？"

勺的父亲唉声叹气地说："说出来您可别笑话，勺的妈妈8年前跟一个小老板跑了，我这个废人，又当爹又当妈，省吃俭用，一心想把勺供出去。去年，我表弟在三门峡市给我找了个差事，我一天到晚惦记着勺，不能安心干活呀。这回，我下决心把勺弄到我身边去，可户口又迁不过去，高三后半年，她还得回您这学校来，在这儿报名参加高考啊！勺老跟我说您喜欢她，对她好，她可舍不得您呢！——这不，她还给您写了封信。"

信是封死的。我撕开信皮儿，看到了下面的文字：

校长，我可以叫您一声妈妈吗？我本来想当面向您告别，但我没有勇气，还是让我用书信的形式来跟您说说心里话吧。我们宿舍同学丢的东西，确实都是我偷的（我似乎看见了您无比失望的眼神）。事发之后，我吓得要死。我跟班主任说："求你别让校长知道好吗？其

实我家跟校长家是亲戚，校长是我一个远房姑姑。可校长嘱咐过我，
不让我跟别人讲。"我无耻地利用了您对我的好，我编造谎言，骗过
了班主任，使他不再追究我偷窃的事。我从小就有小偷小摸的毛病，
为这也曾受过皮肉之苦，可很难改。我甚至把这一切归咎于我的名
字——勺，总想舀别人碗里的东西，唉，这只不争气的破勺啊！但这
一回的偷窃，却真成了我生命中的最后一回。您知道这是为什么吗？
就因为德育处主任把您跟他说的话转述给了我。您对我的人品是那样
深信不疑（尽管我不值得），您不假思索地为我辩护。您知道吗？那
天晚上，熄灯了，我猫在被窝里，哭着咬破了自己的手指，我跟自己
说，你要是再生出偷窃的心，就去摸电门吧！——校长妈妈，我会跟
班主任说出实情，我会设法还清舍友们的东西并向她们道歉的。校长
妈妈，您笑一下好吗？您笑一下，我离您多远都能感觉得到啊！

署名竟然是——"芍"。

我擦着夺眶而出的泪水，笑了一下。

勺的父亲惊慌失措地问："这孩子都瞎写啥了？弄得校长又哭
又笑的？"

我说："没啥。你回去告诉勺，就说我爱她；还有，你跟勺说，
今年开春后，我们学校除了种花生，还要栽芍药，勺高三的时候，
欢迎她回来看芍药花……"

｜ 一颗心路过一张纸

因为喜欢精美别致的句子，所以做了语文老师；因为做了语文老师，所以越发喜欢精美别致的句子。

我教过一个锦心绣口的学生，名叫杨莽，他特别善于驱遣驾驭汉语言文字。判他的作文的时候，我总声称自己"不舍卒读"——舍不得一口气读完，就像吃最可口的东西，忍不住要省着吃，细细品味并努力延长那美妙无比的滋味。

杨莽是这样描摹春天的："春天，点亮了花朵，唤醒了蜂蝶，打痛了百灵。"

杨莽是这样描写水滴的："一滴水，落在平静的湖面。湖水说：痒——"

——噢，却原来，"痛"和"痒"还可以这样用！我好崇拜我卓异不凡的弟子！

类似这样的句子，杨莽几乎是可以批量生产的。而身为语文教师的我，就在这样的句子面前幸福地沉迷。我痴痴地想，那被杨莽捏在手里的，该是怎样一支灵秀的笔呀！它把百灵的鸣啭说成是因遭到春光的猛然击打而发出的娇啼，它从一滴水碰触到镜面般的湖水的那一刹那间感到了一阵阵痒意。我多喜欢看杨莽像水滴释放涟漪一样从容释放他的诗心，我多喜欢听杨莽像百灵说解春天一样娓娓说解他的情怀！我总是不忍独享杨莽这些精美别致的句子，激动不已地高声诵读给办公室里的同人们听，直听得语文老师们齐声欢叫起来。

我把杨莽的诗拿给自己写诗的丈夫看。他看后很黯然，幽幽地说："你必须承认这世界上有天才。"他留下了杨莽的几首诗，说是要帮忙寄给全国顶级的诗歌刊物《诗刊》。没想到，《诗刊》竟很快就刊发了杨莽的几首玲珑小诗。于是，我和几个和我一样热爱着汉语言文字的语文老师越发坚定不移地充当起了杨莽的铁杆"粉丝"。

杨莽要高考了。我破天荒地鼓励他用诗歌写作文。

他写了，并且获得了骄人的高分。但是，他因只有语文单科成绩突出而其余四科成绩平平落榜了……

多少年过去了，我一直不能忘怀杨莽和杨莽笔下的文字。我在课堂上拿出他的诗做范例，直听得他的学弟学妹们惊叹不已。但后来，我得到了一个确切的消息，说杨莽做着一份远离诗歌的体力活儿，薪水低得可怜。

我好心疼那颗诗心，好担忧粗糙的日子会磨损了那美丽的情怀，好害怕那支被缪斯深情地亲吻过的笔会落满尘埃。我有一个痴望，愿尘世中的人们在遇到那支敏感灵秀的笔时不要轻慢，不要忽略，认出它，珍惜它，让它依然葆有用精美别致的语言说出自己内心痛痒的兴致，让它爱着，兴奋着，开出属于自己也属于世界的无可替代的花。

2006 年全国高考语文试卷的作文题目是这样的：

一只老鹰从鹫峰上俯冲下来，将一只小羊抓走了。一只乌鸦看见了，非常羡慕，心想：要是我也有这样的本领该多好啊！于是乌鸦模仿老鹰的俯冲姿势拼命练习。一天，乌鸦觉得自己练得很棒了，便哇哇地从树上猛冲下来，扑到一只山羊的背上，想抓住山羊往上飞，可是它的身子太轻，爪子又被羊毛缠住，无论怎样拍打翅膀也飞不起来，结果被牧羊人抓住了。牧羊人的孩子见了，问这是一只什么鸟，牧羊人说："这是一只忘记了自己叫什么的鸟。"孩子摸着乌鸦的羽毛说："它也很可爱啊！"要求全面理解材料，选择一个侧面、一个角度构思作文。

通过媒体，我读到了许多文采飞扬的满分作文。但是，网上贴出的一篇并非满分的作文却深深触动了我的心。

那篇作文的内容大致是这样的——数学老师要上公开课了，同学们既紧张又兴奋，"我"自然也不例外，虽说我平日数学成绩欠佳，但学好数学的愿望却十分强烈。然而，我做梦都没有想到，老师上公开课那天，竟然把我和班上另外两名数学成绩差的同学临时"寄存"到别的班去了，而那个班的三名数学成绩好的同学则被"交换"到了我的班里，给数学老师"撑门面"去了。整整一节课的时间，我几乎把脑袋扎进了抽斗里，感觉这个陌生班级里的所有男女同学都在用鄙夷的目光注视着我，一时间，我觉得天昏了，地暗了，世界倾覆了……我想对我的数学老师说：老师，我知道，在您的眼里，那被您借过去的三个同学一定是可以轻易抓住羊的"鹰"，而我和另外两个被您剔除的同学当然是无力抓住羊的"乌鸦"。可我们也有一颗不愿服输的心啊！您看，我们的"俯冲"不是练得挺好了吗？尽管我们去抓羊的时候，爪子缠上了羊毛，徒然给世人留下了笑柄，但是，亲爱的老师，我多么盼望着您能具有那个牧羊人孩子的胸襟与情怀啊！当我溃败，当我黯然，您如果能说一句"他也很可爱啊"，我定然会把这金子般的语言紧紧揣进怀里，让它成为我自强不息奋勇前行的恒久动力……

我被忧伤而善言的小作者征服了。我相信他写的是一个真实的故事，唯其如此，我的一颗心才被揪得这般疼痛啊！我不知道有谁能通过怎样的努力才能将这个孩子从被"寄存"到陌生的课堂上这桩痛苦的事件中彻底解救出来，巨大的阴影，像凶残的鹰追击无辜的羊一样无情地追击着可怜的孩子，让他无可逃遁。

如果你是一名教师，如果你的课堂上冒出了一只任凭怎样努力都捉不住羊的乌鸦，你能不能用欣赏的口吻说一句"他也很可爱啊"？

——一颗心，路过一张纸，欣然卸下了自己的欢喜或忧伤，看见的人应当珍视，也应当认真想一想，该怎样赋予那善感的心更多歌唱而不是悲吟的理由？

| 门的悬念

学校大厅的门被踢破了。

——可怜的门，自打安上那天起，几乎就没有一天不挨踢。十五六岁的少年，正是撒欢儿尥蹶子的年龄。用脚开门，用脚关门，早成了不足为奇的大众行为。学校教导员为此伤透了脑筋，他曾在门上张贴过五花八门的警示语，什么"足下留情""我是门，我也怕痛"，诸如此类，不一而足。可是，过不了几天，少年们就用图案各异的履底，把那一条条妙语阅读得面目全非。

今天，大厅的门终于被踢破了。教导员找到校长，提议说，该把那门换换了，这一回呀，千万可不能再安装木门啦！干脆，换成大铁门——他们脚上不是长着牙吗？那就让他们去"啃"那铁家伙吧！

校长笑了，说，放心吧，我已经定做了最坚固的门。

很快，旧门被拆下来，新门被装上去。

新装的大门似乎挺带"人缘"，装上以后居然没有挨过一次踢。孩子们走到门口，总是不由自主地放慢脚步。每一双手在抬起的时候，都悄悄拿掉了重量。阳光随着门扉旋转，灿灿的金子洒了少年一身一脸。穿越的时刻，少年的心感到了爱与被爱的欣幸。

这道门怎能不坚固——它捧出一份足金的信任，它把一个易碎的梦大胆交到孩子们手中，让他们在美丽的忧惧中学会了珍惜与呵护。

——这是一道玻璃门。

锋利的纸

那时，我刚从师范大学毕业，比我所教的学生大不了几岁。面对那些在我看来总试图和我作对的男生女生，我绷紧了脸。"一定让他们知道我不是好惹的！谁敢跟我要把戏，哼，有他好瞧的！"

那天，在我的课上，同桌的一男一女突然搞起了小动作。我不动声色地走下讲台，快步走到他俩跟前，厉声喝道："干什么你们！"女生慌忙用一只手紧紧捂住了另一只手，男生深深地低下了头。我气恼地拽过女生藏掖着的那只手，讥诮地说："有什么见不得人的？给大家展示一下嘛！"女生的手被我高高地举起来——天！那手背上居然在流血！我吓了一跳，但却很快镇静了自己。我的语气明显地缓和了些："怎么搞的？"女生嗫嚅："是他，不小心用纸划的。""轰——"全班同学都被逗笑了，我刚刚平息下去的怒火经她拿这弥天大谎一煽，又腾地蹿到了天上。我极力压抑着内心的怒火，又问那男生："到底是怎么搞的？"那男生迟疑了片刻，终于鼓足勇气直视着我的眼睛说："我从桌斗里拿出一张纸，不小心蹭着了她的手，结果……""好，好，回答得太好了！"我用气得变了调的声音说，"一张纸能干出刀子的活，照你们的说法，一根粉笔就能当枪使，一个板擦就可以成为航空母舰！——请你们出去，我教不了你们这些大师级的人物！"女生哭了。男生指天画地地发誓说他们刚才说的都是真的，"不信，我……我做给你看！"众目睽睽之下，他当真拿来一张纸，用它的一个边狠狠地去划自己的手背。面对这异常荒唐的举动，同学们都抑制不住前仰后合地大笑起来。那男生急得汗都下来了，但手背上却连道白印儿都没有划出，那张无辜的纸却眼看已经支离破碎了。我不失时机地教训他们道："我最讨厌的就是说谎。不管你们在下面干了些什么见不得人的勾当，都不能用谎言来搪塞我。以后……""可是，"半天没吭声的女生突然哽咽地说，"我的手真的是他不小心用纸划破的呀。"我眼前一黑，险些气晕……

后来，这事惊动了学校"思教处"，两个学生的家长也被请了来，大家齐心协力帮我戳穿了那两个人的谎言，又责令他们写出了书面检查，这样，"纸划破手"的事件才总算是告一段落。

再后来，他们毕业离开了校园。

再再后来的一天，我拈着一张普通的 300 字稿纸在办公桌前想心事。无意间，我把纸的边沿顺到了唇边，突然一阵锐痛——上帝！我的上唇竟被薄薄的纸划得淌出血来！我用舌头舔着那腥咸的血水，又用手背去拭，拭着拭着，往事跳到了眼前……我的心尖敏锐地体察到了被锋利的纸倏然划过的痛楚。"怎么会这样呢？怎么会这样呢？"我一迭声地追问着自己，又满腹狐疑地用纸边对准了唇，一下下地划下去，划下去……多么怪，硬是没有划出一丁点伤痕！我想，那一定是一个极其刁巧的角度吧？温柔的纸张幻化成了残酷的利刃，把不曾设防的肌肤和心灵划得鲜血淋漓……

——呵，岁月深处那两个先我尝到了一张纸的厉害的少男少女哦，让我怎样才能回到昨天，轻轻对无辜的你们说一声：

对不起。

孩子，其实你不必这样

距离高考还有 20 多天了，高三复习进入了白热化的程度。

这天，一个叫程海的高三男生来找我，嗫嚅地说："老师，我写了一篇备考作文，想麻烦您给看看。"我欣喜地接过作文，告诉他说："一点也不麻烦，给你这个高才生看作文，我好荣幸啊！"我不教他，但我一直在留意他。他长得又瘦又小，坐在教室的第一排；他各科的成绩都十分优异，在年级一直稳居前十名；他是"特困生"，三年的高中学费全免。

那是一篇写得挺不错的作文，我很喜欢，就边改边将它敲进了电脑。当我把一篇打印稿交给程海时，他喜出望外地看着我，一迭声地说了七八个"谢谢"。

做课间操的时候，我看着他特别卖力的样子，由不得有一点心疼。我跟他的班主任说："程海这孩子干什么都不会偷懒吧？"班主任说："何止是不会偷懒，他简直就是苛求自己。他生活那么困难，却不肯接受大家的捐助。你知道他怎么买饭吗？二两米饭，半份素菜，从来都是这样的。"我说："高三这么苦，这么累，每天的学习时间超过了 14 个小时，是超强体力劳动呢！他才吃这么点东西，身体非垮了不可！"班主任叹口气，没有说什么。

第二天，我特意到高三的售饭区等候程海。程海来得很迟，我知道他特别惜时，晚一些来为的是错开排队的高峰。程海往打卡机里插卡的时候，我看到显示屏上清晰地跳出了 41.50 元的字样。他买了一份饭、半份菜，还剩下 40 元钱。我和他边聊边往就餐区走。当我确信周围没有人注意我们时，我把自己的饭卡递到程海面前，假装很随意地说："我们交换一下好吗？别紧张，我需要减肥，你需要长肉，咱们一起努力，到高考那天，你把我饭卡里的钱用完，我把你饭卡里的钱用完，你说好不好？"程海有些手足无措，低声说："老师，我的……钱，够用。"我说："我看见你的卡里还有多少钱了。别让我着急了，咱俩其实是互相成全。好了，把你的卡给我吧。"程海说了声"谢谢"，就和我交换了饭卡。

我的饭卡里存有 200 元钱，足够他这 20 多天用了。那之后，当我去食堂买饭，偶尔遇到往高三售饭区走的程海，我都会向他做一个"V"形手势，鼓励他努力吃，努力学。

高考来了。

高考又走了。

程海到学校来找我，郑重地将饭卡还给了我，并真诚地向我道谢。我也找他的饭卡，笑着说："我的任务完成得不赖，你可不如我。你看你，还是这么瘦！"程海说："其实我长肉了，偷着长的，老师看不出来。"

很快，高考成绩下来了，程海考出了 628 分的好成绩。作为关爱着他的老师和关注着他的朋友，我就像自己又经历了一次金榜题名一样高兴。

临近放假的一天，我到食堂去买饭。我把饭卡插进打卡机，显示屏上居然显示出了 160 元的字样！我一下子蒙了。我把饭卡抽出来，到储款机那里去查询，结果是这张饭卡近期没有储过款！也就是说，在高考前的 20 多天里，程海仅仅花去了他"自己"的那40 元钱！

我捏着那张饭卡，突然有一种想流泪的感觉。

我看着冷清的高三售饭区，想着那个几乎天天来食堂都要"迟到"的又瘦又小的只买半份菜的男生。我惊问自己：是不是，我在无意中伤害了这个十分十分要强的孩子？

此刻，如果程海出现在我面前，我将对他说些什么？我想我可能会说：孩子，穷，本不是你的错，不要用自己羸弱的身体去给"穷"这东西殉难，它不值得。如果一个人，表示愿意和你并肩迎击困难，你自然可以分析他（她）的用心是否真纯；而当你明白地知晓他（她）原是惴惴地揣了一颗善心，并希望用这颗善心给你温暖的时候，你就应当赐给他（她）一个机缘。在这个世界上，钱永远不是最要紧的东西，如果你以为唯有清算了钱才不至于亏欠他人，唯有捍卫了钱才不至于辜负他人，那你就错了。要知道，有人会把你欣然领受一份善意看成是对他（她）的至高奖赏。他（她）期待着你幸福地体察到他（她）的良苦用心，他（她）也期待着你日后同样成为慷慨地赠予他人温暖的人。

孩子，说真的，我今生将能挣来无数个 160 元钱，而从这无数之中拿出一份喂饱你一生中最不该饥馑的日子，该是件多么让我欣慰的事！可惜，你没有给我机会，你也没有给自己机会。我们之间曾发生过一个美丽的故事：你给了我一篇作文，我将它敲进了电脑，我们共同创造了一份有价值的记忆。相比之下，如今被我捏在手中的这张饭卡是多么地不幸，它本是想殷勤地编织一个动人的故事的，岂料却留下了一处败笔。

孩子，你在大学还好吗？买饭的时候，别总去得那么迟，早一点去，可以买到热一些可口一些的饭菜。

| 信箱里的果仁巧克力

我有一个朋友叫敏，在一所中学做校长。她曾告诉过我这样一件事。她在教学楼里挂了一个"校长信箱"，是专门用来盛放学生们的心事的。每天早晨，她一到学校，要做的第一件事就是开启那个信箱，小心翼翼地去捧接那一颗颗善于放大快乐也善于夸张痛苦的少男少女的心。那天她打开信箱，居然发现里面躺着一颗果仁巧克力！"你可别吃！"我忍不住插嘴，好像那个已然发生的事件是可以轻易改写的。敏笑了，说："咋和我老公是一个腔调啊！我为什么就不能吃呢？我吃了，我毫不犹豫地吃了。结果你猜咋样？——好吃死了！我摊开那张包装纸，用心记下了那种商标——我要去买这种巧克力！自己吃，也送给别人吃。你想，这么好吃的东西，想不被它迷住，难呐！"

我是个不容易卸掉心事的人，从敏那里听来的这个故事，菟丝般一直一直缠绕着我。不可思议地，我遣虚幻的自己走到了那个虚幻的信箱前。当我看到那粒糖，我的心也激动地加快了跳动。我拈起它，仔细端详它，幸福地揣想那该是怎样一只天使的手，被怎样一个芬芳的心思驱动，毅然决定将自己喜好的口味送给校长分享。我几乎就要剥开它，看到那被包裹得很妥帖的香甜了。但是，我突然停下来。——不，不，我不能否认那漂亮的玻璃纸下可能藏着一颗同样漂亮的心，不过，有一个理由，让我拒绝掉了那份美意。我担心那里面藏着一个令人猝不及防的顽皮或是一个令人啼笑皆非的滑點。我也怕，怕在丢弃那块糖的同时连同一颗圣洁的心也一同丢弃，但我宁愿犯一百个"防卫过当"的错误也不愿意冒半分被捉弄的危险。就这样，我捏着那块糖的翼翅，神不知鬼不觉地将它送进了垃圾箱。我轻松地拍拍手，拍掉那块糖留在我掌心那看不见的遗痕，然后，我走进校长室，开始一天忙碌的工作，就像什么事情都未曾发生过一样。

但是，我扪心自问，我连同那块糖扔掉了自己曾拥有的什么？

从哪一天开始，我变得这么"成熟"、这么稳妥、这么有城府？曾几何时，我不也是个能够萌生出偷偷往校长信箱里放糖的美丽心思的中学生吗？如果我果真做出那个天真的举动，我是多么害怕那份单纯会遭到心机复杂者的粗暴怀疑啊！我愿意碰到一个像敏那样的校长，连思索的环节都省略掉了，让一块急于奉献香甜的糖一下子找到了实现价值的捷径。我忍不住让那个中学生模样的自己鄙夷起那个校长模样的自己来。成长让我们付出高额代价，而检点的机会又是这样这样地少。我们标榜着成熟，自诩着聪慧。本能地，我们避开危险和不测，我们奉行三缄其口、三思而行，我们的"复杂度"越来越高，我们的"纯真度"越来越低。

直到今天，我都喜欢回味敏说那块糖"好吃死了"时无限陶醉的神情。我痴痴地想，那块糖未必就好吃到了她所形容的那种程度，可她的话却确乎是不容怀疑的，那是因为，她吃到了世间罕有的"糖外的糖"。那糖外的糖所殷勤赐予她的香浓是旁人不可能体味到的；作为一种对真诚者的特别赏赍，她居然还寻到了延续那香浓的途径。真的好羡慕她，每一番人间寻常的享用都伴随着对一段青葱往事的悠悠回想，而当她把那迷人的芳香当作礼物送给他人，她又将获得向他人发布幸福的美好机缘。

敏把她的心忘在了孩子堆里，唯其如此，她才能稳稳接住孩子老远抛过来的一粒糖。我相信，那发源于某个清晨的玲珑故事，将涓涓地流过岁月，多情地把敏手中的每一块果仁巧克力都阐释成诗和画，敏就在这诗画中行走，走成最耐看的风景……

下雨了，请千万别来为我送伞

下雨了。我站在四层教学楼窗前，俯视校门口越聚越多的前来为孩子送伞的家长。很自然地，我想起了高三 10 班杨蒙同学的那首诗。

在这栋楼里，几乎人人都知道这首诗，因为我曾为这首诗搞过一个面向全校学生的讲座。从举办讲座的那天下午开始，大家都知道了杨蒙，知道了他的《下雨了，请别来为我送伞》——

响雷在天空里炸开

这雨终究是来了

母亲

你是否回去了，回家了

将这雨躲过了

要是你没有躲过

就让这雨把你错过

等我回去时，回家时

再加倍地偿还于我

下雨了，请千万别来为我送伞，好吗？

淋了我，是痛在外面的
淋了你，是痛在我心里的
知道吗？

我总忍不住地想，在杨蒙没有为我们撑开他的"人性的伞"之前，这栋楼里该有多少孩子从没体会过心儿淋着雨的感觉？

回家的路上，他们几乎人人都拥有了自己的雨具，他们将这雨中飞来的伞视作永不失信的候鸟——如期地到了，他们不会笑一笑；偶尔地迟了，他们的脸比天还阴郁。

在这些不懂得感恩的孩子的旁侧，我发现了卓立的杨蒙，发现了这个"抢先"为猝不及防地遭遇了暴雨的母亲而无比担忧的孩子。

他居然天真地希望他惦念的母亲是在暴雨的夹缝中踩着一条干路回家的！他居然祈求上天把那没有舍得泼到家人身上的雨"加倍"地偿还到自己的头上！我多么喜欢分享这个怀揣着细腻温暖的心事而甘愿承受暴雨鞭打的男孩的由衷快乐！我有理由相信，即便他浑身湿透，他也有办法不让自己的爱受潮。下雨了，那些惦念着自己孩子的家长不是不可以来学校为孩子送伞，但是，比"身体不淋雨"更重要的事情一定还有吧？如果不明白这一点，我们的伞将漏进致命的雨点，伞下的我们将被浇得透心凉。

——在雨帘中，在雨丝里，我希望打从这栋教学楼里走出去的孩子都在内心默诵着杨蒙的诗，有伞有感动，无伞无忧伤，昂着头，走在人性至美的风景里。

包容是一条五彩路

　　一个小学校长在他的校园里巡视，当他走到教学楼后面一条正在铺筑水泥的小路前时，他发现还没有完全凝固的水泥面上有两只玻璃球。他绕过去，尽量靠近那两只玻璃球。他想，一定是孩子们在课间玩耍时一不留神儿把玻璃球弹到了这里，如果现在不赶快把它们抠出来，等水泥完全凝固了，那玻璃球就成了永远的镶嵌物。他弯下腰，准备伸手去抠玻璃球。突然，有两个男孩吃吃地笑着，手拉手从他身边飞快跑过，跑出几十米后，又警觉地回头，似乎是担心会遭到校长的批评。校长愣了一下，猛地意识到了什么。他摆摆手，示意那两个男孩过来。

　　男孩吐着舌头不情愿地走过来，手紧紧掴着口袋。校长微笑着对他们说：你们能不能借给我一样东西？两人齐声问：什么东西？校长说：你们口袋里的东西——玻璃球。两个男孩惊讶万分，低着头，不敢迎视校长的目光。口袋里一阵脆响之后，十多只玻璃球交到了校长手里。

校长俯下身子，像个淘气的孩子，把玻璃球一只一只按到了水泥路面上。两个男孩连忙向校长认错，承认原先那两只玻璃球是他俩按进去的，并表决心说"再也不敢了"。校长听了爽声大笑起来。他说："为什么要认错呢？我表扬你们两个还怕来不及呢！你们看，水泥路面原本多么灰暗、多么单调，但是，镶上了几个玻璃球就显得多么精神、多么漂亮！快去，告诉你们的同学，让大家把玩过的玻璃球、小贝壳、彩石子全都拿来，砌出你们自己喜欢的图案——心形、圆形、三角形，什么图形都可以，咱们要把这条路铺成一条五彩路！"

多少年过去，当年的孩子又有了孩子。当他们满怀信任地将自己的孩子再度送进自己的母校时，总忘不了牵着孩子的手，带他们来走这条五彩路。那些美丽自由的图案附丽着少年花样的梦想，被一条缎带般的甬路阐释得很具体很透辟。不再年少的心澎湃着，激荡着，在分享不尽的一份包容与睿智面前，再一次领受了生活的美好，再一次汲取了奋进的力量。

那满满一竹篮水啊

早年教过一个学生，写诗着了魔。有时听我的语文课，他突然目光空洞迷茫，我知道他一准是在构思诗了，便转移了视线，不去扰他。

一次练笔，他脸上漾着得意的笑，交给了我这样一首小诗——

我家小妹妹

提着竹篮去打水

妈妈说

竹篮怎能打来水

妹妹说

可我明明

打了满满一篮水

一路上

花儿要我喂

草儿要我喂

等我回到家

没了一篮水

我得承认，我一下子就不可救药地迷上了这首诗。兴致勃勃地把它拿给对坐的老同事看，不料，他看后冷冷地说："这不是痴人说梦吗？拿竹篮子，打了满满一篮水？还喂花喂草？——嘁！亏他想得出！"

我听了，心里为这个孩子鸣不平，却讲不出道理。

后来，我偶然读到了一个美国学生的"痴人说梦"——有人在草丛里发现了一个巨大的蛋，这个说是恐龙蛋，那个说是鸵鸟蛋，一个认真的小孩便拿回家去孵那个蛋，蛋壳裂开了，从里面蹦出了美国总统。这篇想象作文，引起了美国民众的极大兴趣。大家为这篇文章喝彩，觉得它"妙极了"。

我把那篇"妙极了"的作文拿到课堂上，读给我的学生们听。他们听了，不欢笑，不喝彩。半晌，有个怯怯的女声朝我飘来："总统知道了会不会生气呀？"

——瞧，想象力在我们面前跳芭蕾，不懂得欣赏的人却只管死盯着舞台上的追光灯问："它究竟是多少瓦的呀？"

　　时间越久，我越喜欢那首无题小诗。我甚至觉得那是我亲身经历过的一个场景——我家小妹妹，梳着两个翘翘的羊角辫，提着一只半旧的竹篮，一弯腰，就从清澈见底的河里晃晃荡荡打了一篮水。干净的阳光照耀着她。她一路欢歌，与花儿草儿分享着那篮清水——唔，就连她小裙子上的花儿也分到了一些呢……今天，我多想让当年的小作者知道，当我坐在干渴的日子里，听着来自四面八方的干渴的声音，自救的本能，使我一次次遁入这首玲珑小诗。吟诵间，我看见自己的汗毛孔里开出一万朵水灵灵的花。

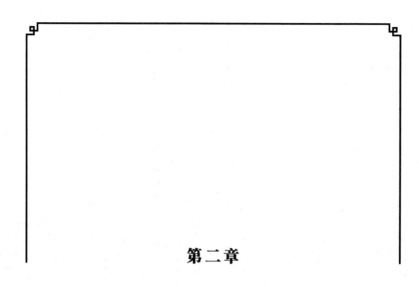

第二章

我不能悲伤地坐在花地

| 拥抱大树

那一年，我被摆在一连串的灰色故事面前，狼狈不堪地充当着倒霉的主角，心情坏到了极点。朋友怜惜地看着形神俱损的我说："去西天目山拥抱大树吧！有份材料说，拥抱大树能够释放人体内的快乐激素呢！"

不指望这个方子能起效，但还是去了。

随山路转了几个弯，猛一抬头，"大树王国"赫然入眼！

好大的树！好美的树！苍翠，雄健，挺拔，奇迹般高入云端。我奔向最近的那棵古树，拥抱它，问候它，在心里悄悄对它说："谢谢你在这里站了一千年，耐心等我。"这句不曾说出口的话漫过心堤时，眼底竟有了涩涩的感觉。抬起手，触摸树干背阴面凉而腻的厚厚青苔，仿佛触摸前朝。

一棵棵千年古树殷勤地搭起凉棚，送我们沿古道往前走。耳畔传来一声声高亢的鸣唱，似银铃齐摇，又似孩童齐笑，而在这摇与笑中，还杂有一丝撒娇般的奇妙震颤，是我从未聆听过的稀罕声音。我问朋友："这是什么鸟在叫——叫得这么好听？"朋友笑着说："不是鸟，是天目山独有的一种蝉。前些日子，日本有家电视台到天目山来采集大自然的声音，一群人被这蝉声给迷坏了。"——是蝉鸣？我循着那高亢的鸣唱仰头望树，想，大概只有这样的树，才配栖止这样的蝉吧。

沿途所有能够亲近的大树，都被我一一拥抱过了，连同那被天剑剖腹却依然用巴掌大的丁点儿绿色顽强摘取阳光的"冲天树"，连同那因乾隆一句好奇的赞叹而终遭揭皮剜肉之祸的"大树王"。在拥抱大树的时候，我怨自己的手臂不具备藤蔓的柔长，我不能将任何一棵大树真正拥入怀中，我只是用意念环抱了它们。

在那棵千年银杏树旁，我索性坐下了。我闭目冥想。当年的一颗种子飘然飞落于悬崖上的罅隙间，一番番冰侮雪欺，一番番雨骤风狂，那颗种子，怀抱着一个不死的愿望，从一茎青嫩的幼芽出发，一路唱着能将冰川烤化的歌谣，生长，生长，生长。一个又一个的世纪在眼前翻页，同行的伙伴纷纷凋谢了生命，只有这棵擅长消化痛苦的银杏，用葳蕤的音乐为自己伴奏，从容批阅尘世间纷至沓来的季节。一声蝉鸣被诠释为大地寄语，一滴甘露被解读为江河托梦。于是啊，一棵树，蔓延成了一片树，你用生命的无尽繁衍答谢岁月、酬和光阴——"五世同堂啊"，大家微笑着恭贺你，犹如恭贺家族中一位年高德劭的尊长。我看见，你分明做出了一个凌空欲飞的姿态，却又不真飞去，只遣自己的灵魂翱翔天际，唯其如此，你才能活成寓言，活成神祇。

我无法靠近这棵崇高的银杏，它栖身悬崖，谢绝了我的亲昵。那就请允许我完成一个虚拟的拥抱吧！我伸展双臂，怀中登时开满缤纷花朵……

"是不是为抱不到这棵大树而遗憾呢？"朋友笑着对我说，"据本人粗略统计，你今天已经拥抱了 32 棵大树——很可观了！"

噢，我可以甘心地往回走了。

来自一万年前的蝉声织成了一张绵密的大网，将我幸福地罩在其中。我郁结于心的痛苦，居然神奇地冰消瓦解了。

终于明白，哪里是我在拥抱大树，分明是大树在拥抱我啊！从远古踏歌而来的抚慰，这样虚幻，又这样真切。一片落叶轻拍我肩，竟逗落了我眼里大颗的泪滴。在被大树拥抱的瞬间，我听到了原先被我忽略的微弱心音。有一种昭示，来得这样婉曲；有一种救赎，来得这样彻底。我已然懂得，生长的骄矜原可以笑傲一切屈辱。

——我来之前，大树已在那里；我走之后，大树仍将在那里。那 32 棵大树，会用年轮的唱片反复播放一段与拥抱有关的美妙乐曲吗？不管它会不会，反正我会。

｜ 牡丹花水

坐在从兰州开往敦煌的旅游车上，一路不停地喝水。问自己怎么会这么渴，回答竟是，焦渴的大戈壁传染给了我难耐的焦渴。

导游王小姐是个锦心绣口的人儿。在讲当地的风土人情的时候，她说：你随便到一户人家做客，人家就会把你奉为上宾，用"牡丹花水"沏了八宝茶来款待你……我问邻座的燕子，什么叫牡丹花水？燕子说她也不清楚。我只好凭空猜测——仿佛就是，妙玉给宝玉、黛玉沏茶用的"梅花雪水"吧？从梅花的蕊上小心翼翼地收集点点细雪，融成一掬冰莹蚀骨的柔水。这牡丹花水，说不定就是采的牡丹花瓣上的露水雨水呢。这样想着，禁不住对那牡丹花水神往起来。

到了嘉峪关市，我们要用午餐。坐在餐桌边等着上菜的当儿，服务员来上茶了。导游王小姐笑着说：虽说不是八宝茶，却是牡丹花水，大家一路辛苦，请用茶吧！我万分惊讶地站了起来，瞪大了眼睛看着就要亲口品尝到的牡丹花水。但是，不对呀！服务员居

然拎了个寻常的铝壶，咕嘟嘟给大家倒着最寻常的茶水。我跟燕子
嘀咕道：开玩笑，这哪里会是牡丹花水嘛！燕子皱着眉头，一百个
想不通的样子。终于，我忍无可忍地唤来了王小姐，问她，难道，
这真的就是你所说的牡丹花水吗？王小姐听罢噗地笑了。她盯着我
问：你以为牡丹花水是什么神水仙水呀？牡丹花水是咱西北的老百
姓对开水的一种形象叫法——你仔细观察过沸腾的水吗？在中心的
位置，那翻滚着的部分，特别像一朵盛开的牡丹花。

我"哦"了一声，双手捧住一只注满了牡丹花水的茶杯，眼与
耳，顿时屏蔽了饭店中一切的嘈杂。

究竟是谁，在什么时候，怀着怎样的一种心情，给一壶滚沸的
水起了这样一个俏丽无比的名字？世世代代，老天总忘了给这里捎
来雨水。在茫茫的戈壁滩上，草活得那么苦，树活得那么苦，人活
得那么苦。有一点浊水就很知足了，有一点冷水就很知足了，但，
一个幸运的容器，竟有幸装了沸腾的清水！幸福的人盯着那水贪婪
地看，他想，喔，总得给这水一个昵称吧？叫什么好呢？抬头看一
眼窗外，院里的牡丹花开得正好，那欣然释放着的繁丽生命，多像
这壶中滚沸的水啊！——好了，就叫她"牡丹花水"吧。

我的心，在那一刻变得多么焦灼，竟恨不得立刻跑到饭店的操
作间去看一眼从沸腾着的水的心中开出的那一朵世间最美丽、最独
特的牡丹。这么久了，粗心的我一直忽略着身边最神奇的花开。我

从一朵朵盛开的牡丹花旁走过,没有驻足,没有流连。是缺水的大西北给了我一个关乎水的珍贵提示,让我在此生一次平凡的啜饮中感受到了震撼生命的不平凡。

牡丹花水。牡丹花水。我反反复复默念着你的名字——一个让人心疼的名字,一个让人心暖的名字。人间烟火味里铺展着无尽的梦幻织锦,美好的感恩,由衷的赞颂,既素朴又华丽,既"农民"又"小资"。把所有对生活的祈愿都凝进这一声轻唤当中,让苦难凋零,让穷困走远——我的大西北,愿你守着一朵富丽的牡丹,吉祥平安,岁岁年年。

给它一个攀爬的理由

秃的墙，没有看头。便有邻居建议，干脆，咱种些爬山虎吧，不消两年，这墙就全绿了。

爬山虎是一种皮实的植物，很容易活。"压条"后，叶子打了两天蔫儿，但一场雨过后，打蔫儿的叶子下面就冒出了红褐色的新芽。

接下来的一切似乎应该没有悬念了，墙在侧，"虎"善爬，听凭它们由着性子去编织美丽故事好了。

然而不然。爬山虎竟然背弃了那墙，毫无章法地爬了一地。

"怪了！这些爬山虎的'虎气'哪里去了？怎么跟地瓜秧一个脾性了？"一位邻居讶异地说。

我们请来了生物老师。他告诉我们说，墙面太光滑了，爬山虎卷须上的黏性吸盘无法吸附在上面，要将墙弄成麻面才行。

说干就干。我们借了电钻，开始兴致勃勃地破坏那墙面。

经过小半天的奋战，墙体变得面目全非了。我们又不辞辛苦地拉来水管，冲净了那蒙在爬山虎叶子上的白灰，又将那长长的爬山虎藤条一根根塔到墙上的花窗孔中，然后正告它们道："这下，你要是还不爬，可就没有道理啦！"

居然，它还是不爬！

生物老师又来了。他挠着头皮说："可能是原先生出的黏性吸盘已经过性了，也就是说，它们在最适合找到攀附物的时候没能找到攀附物，吸盘就在藤条上干枯了；而藤条顶端嫩芽上新生的吸盘又无力带动那么沉重的一根藤条，所以，这爬山虎就难往上爬了。"

看着匍匐一地的爬山虎，我们万分沮丧。

以为只能这样了——新的藤条从根部滋出后，张开眼，欣欣然发现旁侧已有我们殷勤打出的适于攀爬的墙面，于是欢呼着，将卷须上小小的吸盘快乐地吸附于墙面，开始了傲视前辈的向上奔跑；而匍匐的藤条只有怨恨地委身地面，看别人飞翔。

清晨，我照例路过那面令人纠结的墙去上班。却见一位父亲带着一个男孩在那面墙前忙碌。再仔细看时，我惊叫了起来。——天！那父子俩居然在用透明胶条一根根往墙上粘那藤条！他们已经粘了十几根了。丑陋的墙，被漂亮的绿藤装饰出诗意。

我对那父亲说："你真行啊！太有创意了！"

那父亲嘿嘿一笑说："不是我，是我儿子想出的办法。跟咱们一样，他也在暗暗为这些爬山虎用力啊！看它们实在爬不上去了，他就说：咱们帮它们爬上去，这样，后长出的藤条借着老藤条往上爬，会更容易些……"

如今，那面墙已经被深深浅浅的绿所覆盖，大概很少有人想起这一墙爬山虎初始的故事了吧？而我却不能忘怀。每次走到这里，我都忍不住驻足。我思维的卷须上生出一个个小小的吸盘，有自嘲，有自省，有自警，有自励。作为一名教育工作者，我问自己，我是否给了每一株怀有向上热望的爬山虎一个攀爬的理由？当理想的藤条在现实面前怆然仆地，我能否像那个可爱的男孩一样，不沮丧、不懊恼、不怨艾，智慧地拿出自己的补救方案，将一根根自暴自弃的藤条抬举到梦的高度？

丁香何曾怕

　　我一直都糊涂地以为丁香的花芽是在春天里萌出的，直到我学校的生物老师笑着告诉我说我犯了学生常犯的低级错误。她说："丁香和白杨、玉兰、连翘一样，都是头年秋天落叶时就萌出了花芽，这些花芽要在枝上度过一个漫长的冬季呢！"

　　于是，我决心陪一个丁香花芽走过漫漫长冬。

　　我选中了一株距离我办公室一箭之遥的丁香树。我知道那是一株白丁香。有一年，它开花的时候，我曾看到一只小灰蝴蝶朝着它飞，却像遇到了孙悟空用金箍棒画的"避魔圈"一样，它的翅膀徒然扇动，却无论如何都飞不上丁香枝头。我这厢暗暗替它用力，但是，没有用的。它一次次被一种看不见的力"推"了回来。我纳罕极了。问自己：莫非，它是被那浓重的香气推开的吗？这样想着，我对白丁香馥郁的芳香遂生出了一丝敬畏。

　　2016 年 12 月 8 日，我为这棵树上的一个丁香花芽拍下了第一张照片。

我没敢告诉那位嘲笑我的生物老师,我还有更低级的错误呢——我常常傻傻分不清花芽与叶芽,还以为它们心情好了就开成花、心情差了就长成叶呢。

有了这张丁香花芽图,我终于彻底搞清了花芽与叶芽的区别,却原来,它们在"娘胎"里时就被定了性。

我多么惊奇! 12 月,第一场雪还在遥远的路上,丁香花已经在一个小小的绿色花苞里探头探脑了!那细密的、绿鱼籽一般挤在一起的小小花蕾,毫不客气地拱破了花苞,仿佛在说:我们倒是要好好瞧瞧,冬天究竟是何等模样!

滴水成冰的日子里,我惴惴地去看我的那个丁香花芽。嚯!除了花苞的颜色变深了一点之外,一兜探头探脑的小绿珠依旧精神抖擞。那么娇嫩,却那么抗冻,谁说耐寒的只有松柏?

丁香何曾怕?丁香何曾怕?丁香何曾怕……我手里捏了一支签字笔,下意识地在一本杂志的封底上写满了这句话。

追踪丁香花芽的日子,我心里揣了一份隐秘的、无可诉人的欢悦。

那一天,兴冲冲地翻查《镜花缘》,问作者李汝珍:那司丁香花的仙子叫什么来着?当我终于找到"玉壶冰钱玉英"时,我忍不住笑出了声——我邻家嫂子也叫玉英呢！嘿嘿，那丁香花仙子，竟有个如此烟火气的名儿。

千遍呼，万遍唤，春，终于慢腾腾地来了。我的丁香花芽，眼见得一天比一天鼓胀起来。

2017 年 3 月 23 日，我看到那些绿珠子们已彻底从花苞中脱颖而出。为了这一刻，他们准备了 100 多天啊！我的舅舅曾告诉我，他养的山茶花，孕蕾期长达半年之久。今天，我多想告诉我远去的舅舅，丁香花的孕蕾期也长达小半年呢。

几个女生围过来看丁香花了。她们叫唤着："这一树是白的！那一树是紫的！"我思忖着，待丁香花盛开的时日，我该怎样向她们展示我拍的那一组丁香孕蕾图，告诉她们，丁香花，看上去至柔至弱，却有着铁打的魂、钢铸的魄……

李汝珍写道："天上枝枝，人间树树。曾何春而何秋，亦忘朝而忘暮。"我呆想，若是叫我喜欢的作曲家阿敏给这词谱了曲，一群女生坐在盛开的白丁香树下唱，一定很仙。

| 花香拦路

那日黄昏，步行穿过一个小园。眉头上了锁，满腹俗事沸腾。路的尽头，等着我的，依然是一件无趣的事。

突然闻到了紫茉莉的香味，匆遽的脚步倏地慢下来。

满目绿色，寻不见花的踪影。我岂肯甘心令花香撇下？任着性子，潜入小园深处，寻宝般寻起紫茉莉来。

蝉声顿噎。我猜想，蝉在高处俯瞰着我，外凸呆滞的眼睛，警觉地捕捉着树下这个人一举一动。我在心里嗤笑它："典型的防卫过当，根本不是冲你来的！"

——寻到了！好大一棵紫茉莉！在蔓草中，一群小花，兀自吹着紫红色的迷你喇叭。我长长吁出一口气，想：几多年不见紫茉莉，依旧这般模样，依旧这般芬芳。

儿时，家中有个小小的后院，外祖母遍植了紫茉莉（冀中人唤它夜来香）。一到夏天，它的香气就缠牢了我。我喜欢它馨雅迷人，喜欢它花开不断，喜欢它五个小花瓣薄薄皱皱楚楚可怜的模样。清楚地记得，那年家里来了个北京亲戚，竟管这花叫"晚饭花"。这奇怪的名字，把我和表姐都逗笑了。现在想来，这名字多亲、多暖！唤它"夜来香"，不确切呢。它并不是在真正的夜间开放的。它很会挑，它挑了在晚饭时分开放。它就是要在人间烟火气中安妥自己的那一缕香。

于我而言，紫茉莉，无疑是一种"怀旧花"。它的香气里，藏着我的少年时光。低头一嗅，光阴折叠，我三步两步就迈进了昨天。

这本是个缺乏诗意的黄昏，却因了一缕曾经谙熟的花香，显影了一方旧日时光。我拦住那个在"晚饭花"中笑弯了腰的自己，让她对着今天这个眉头上锁的自己发问：你竟是为了会晤忧烦才走了这么远的吗？你将笑的本领丢在了哪段烟尘飞扬的路上……那个被问的女人或是羞了，谦恭地朝紫茉莉讨要了两颗"小地雷"（花的种子），暗许将它植入心壤。

才知道，奔赴一个无趣的事件，原也可以端出有趣的心情。花香在我鬓边，花籽在我手中。有一种灵魂的雀跃，说来就来。

　最是昙花染魂香

我欠着昙花一笔文债。

三年了，每逢我家昙花绽放，老徐都会殷勤为她撰长文一篇，精描其姿，细绘其态，友人赞叹之余，不免问我："为何不见你写昙花？"我答："等着，我要写昙花的香！"

惜乎昙花的香很快就被庸常的日子稀释得淡而又淡，我那句允诺也被接踵而至的重要事件挤得了无踪影。

今年昙花孕蕾时，倏然羞赧地忆及自己那句豪言。伫立花前，抱愧地对她默念了句："待我还账……"

这日下班回家，照例跑到阳台去看昙花，不禁急唤老徐道："快来看！蕾发白、嘴微开、须子乍起来！这分明是要开的节奏啊！"

老徐似乎还在为蔫了四个小花蕾的事生闷气，也难怪，人家今年颂诗的题目都琢磨好了——《昙花组团儿来我家》，结果，团儿没组成，害得老徐的诗胎死腹中，他怎能不生气？只见老徐敷衍地瞄了一眼那吉夕素仙，闷声道："嗯，要开。"说完就去忙旁的事了。

一年只开一朵，我家养了一株节制到悭吝的昙花哦。

吃饭时，我一次次跑到阳台去看，生怕昙花背着我"秒开秒谢"——尽管我知道根本不可能那么快。

在厨房收拾餐具的当儿，突然发觉不对劲——香了！我扔下手里的碗筷，冲到阳台。

那昙花，也就开了四分，最外层的须状花瓣仙袂飘举，花心那"迷你仙宫"却还若隐若现，但是，抑不住的异香却已急不可耐地喷涌而出。

我慌忙跑到客厅去拽正在看《老酒馆》的老徐，却一屁股坐在了他身边，因我惊异地发现，客厅竟也流溢着香！

我说："你快闻闻！昙花的香都跑到客厅来了！"老徐将信将疑地翕动着鼻翼，连做了五六个"闻"的动作，末了说："闻不见。"——嗯，他鼻子一向很"瞎"。

昙花在南阳台，我特意跑到我家北窗那里去嗅，嘿！居然在最遥远的北窗一带也能嗅到香！我的寒舍，彻底沦陷在花香里了。

　　我让鼻子工作着，从北窗那里一点点朝着昙花的方向走。那奇异的香牵引着我，从极淡到淡淡，从淡淡到微浓，从微浓到极浓，花香的层次十分鲜明。我意乱情迷地攀缘着"香阶"，整个人都飞了起来。

　　因了这香，我情愿宽谅了人间所有的辜负。

　　我眼前来了个怎样的仙姝啊——白绿色的花瓣娇姿欲滴，淡黄色的簇蕊妙不可言，最神奇的是那洁白的长蕊，竟仿佛一株微缩版的白菊，骄矜地舒展着细长的花瓣，作凌空欲飞状；那充斥了我家106平方米的香，就是从这个"迷你仙宫"中发射出来的呢！那香，绝不是清香，也不是幽香，它锐而郁，秾而烈，醉鼻餍心，是苏轼笔下"怕见此花撩动"的、撩你没商量的霸道的香呀！

　　鬼使神差地，我做了个奇怪的动作，在冰肌雪肤的花前奋力抓了两把空气，迅速送到鼻子底下闻——那香，真真让你感觉可掬可捧。

　　她不是夜来香，夜夜都有机会来；她积攒了364天的美艳和芳香，只在一夕挥霍，没有彩排，没有重播，甚至，连她最亲密的小伙伴们都中途退场了，你说，她怎能不拼死地美、拼死地香？

　　与昙花合照，大叹"怎么才能拍到她的香啊？"。衣服换了一件又一件，只为用各种夸张的艳，衬她无瑕的白。

　　在她馥郁的香氛中，我睡意全无，一直陪她到凌晨两点——我奢望着获得一种由表及里的熏香呢！

　　口占一首《昙花吟》，我的仙子，愿讨得你欢心——

　　　　携挈月辉临吉宅，
　　　　偷得异香染人腮。
　　　　休怪徐娘出复入，
　　　　艳装频更缘君来。

| 浇花

阳台上的双色杜鹃开花了，终日里，妖娆的红色 PK 雅洁的白色，静静的阳台显得喧嚷起来。

妈妈提来喷壶，哼着歌子给花浇水。她在看花儿的时候，眼里漾着笑，她相信花儿们能读懂她这份好感，她还相信花儿会在她的笑影里开得更欢——她用清水、微笑和歌声来浇花。

儿子也学了妈妈的样子，拎了喷壶来给花儿浇水——呵呵，小小一个男孩子，竟也如此懂得怜香！

一天，妈妈仔细端详她的花儿，发现植株的旁侧生着几株茁壮的杂草。她笑了，在心里对那杂草说："几天没搭理你们，偷偷长这么高了？想跟我的杜鹃抢春光，你们的资质差了点！"这样想着，俯下身子，拔除了那杂草。

儿子回到家来，兴冲冲地拎了喷壶，又要给花儿浇水。但当他跑到阳台上，却忍不住哭叫起来："妈妈，妈妈，我的花儿哪去了？"

听到哭闹，妈妈一愣，心说莫非杜鹃插翅飞走了？待她跑过来，却发现杜鹃举着笑脸，开得好好的。妈妈于是说："宝儿，这花儿这不在这儿吗？"

儿子哭得更厉害了："呜呜……那是你的花儿！我的花儿没有了！"

妈妈见儿子绝望地指着原先长草的地方，顿时就明白了。说："宝儿，那哪儿是花儿呀？那是草，是妨碍花儿生长的杂草！妈妈把它拔掉了。"

不想儿子却说："我天天浇我的花儿，它都开了两朵了！呜呜……"

妈妈疑惑地把那几株杂草从垃圾桶里翻拣出来，发现那蔫蔫的叫不上名的植物上确实开着两朵比叶片颜色稍浅的绿色小花儿。妈妈想说"这也配叫花儿，你看它们多丑哇！"但是，不知为什么，妈妈没有说，她的心温柔地动了一下，俯下身抱起了孩子。

"对不起，妈妈不该拔掉你的花儿。宝儿，你真可爱！妈妈要替这两朵小小的花儿好好谢谢你，谢谢你眼里有它们，谢谢你一直为它们浇水；妈妈还要替妈妈的花儿谢谢你，因为在你为你的小花儿浇水的时候，妈妈的花儿也沾了光！"

后来，妈妈惊讶地发现，这个世界上原先被她忽略的花儿可真叫多！柳树把自己的花儿编成一个个结实的绿色小穗，杨树用褐色的花儿模拟虫子逗人，狗尾草的花儿就是毛茸茸的一条"狗尾"，连藜藜都顶着柔软精致的小花儿与春风逗弄……上帝爱他的花园，大概，他也会用清水、微笑和歌声来浇花吧？并且，他会和孩子一样，不会忽略掉哪怕是最不起眼的一株植物的一抹浅笑……

开在石头上的美丽心花

听一位懂玉的老师讲玉。

他制作了漂亮的电子幻灯片，边轻点鼠标，边娓娓讲解——玉，石之美者。古人将玉道德化，说它具备"五德"：润泽以温，仁之方也；鳃理自外，可以知中，义之方也；其声舒扬，专以远闻，智之方也；不挠而折，勇之方也；锐廉而不忮，洁之方也……他沉浸在玉温润的光泽里，连声音都有了玉的舒扬。

他把玉讲出了花来！他一边讲，我一边偷眼觑着周围几个颈项上、手腕上戴了玉的女子，觉得她们仿佛登时骄矜地成了美玉的代言人，又觉得古人赞玉、颂玉的雅词丽句仿佛都是写给她们的；甚至不远处一个名字里带"玉"字的女子也惹得我忍不住一眼一眼地频频观瞧，原本姿色平平的她，竟被我看瞧出了几分美艳。

老师讲到了玉的沁色，又讲到了玉的包浆。

——什么叫"包浆"？

这是听众中发出的一个小心翼翼的询问。

哦！你不知道包浆呀？老师善意地笑着说，然后沉吟道，包浆嘛——哦，包浆就是包浆了！说完，连他自己都被逗得笑起来。

让我怎么说呢？包浆其实是世间最美丽的一种花朵。我查过《现代汉语词典》，还真没有包浆这个词。我先不做解释，先给你们举个例子吧。比如你们家铺的竹凉席，新买来的时候，上面难免有些毛刺，睡在上面，老不踏实的，因为说不定什么时候，它就可能往你肉里扎进一根牛毛般的细刺；而老家用过几十个夏天的凉席，光滑舒适，上面还有了一层光亮的东西，那东西就叫包浆。还有，老农民用了多少年的锄头，把柄上也会形成一层厚实的包浆。——明白了吗？大家不妨再想想看，还有什么东西上可能有包浆呢？

石器上。木器上。瓷器上。草编上。织物上……大家七嘴八舌地说。

老师说，很好，现在你们已经知道什么叫包浆了。我们是不是可以这样定义：一些器物，由于长年累月地被人使用或者厮守触摸，其表层形成的一种滑熟可喜、幽光沉静的蜡质物，这种蜡质物就叫包浆。

老师接着说，包浆承载岁月，见证光阴，铺满了包浆的古玉赏心悦目，温存可人。古人崇尚玉德，又讲究用人气养玉。养玉的过程，称作"盘"。古人又将盘玉分成了三种，即文盘、武盘、意盘。

文盘用手摩挲；武盘用刷子刷，用绸子揉；最有趣的是意盘，顾名思义，意盘就是用意念去盘，你不停地想啊想，想它是个什么样子，它果然就成了什么样子……

我们轻轻笑了。

在这"三盘"里面，我不喜欢武盘，带着一个功利的目的去蹂躏那玉，即便形成了包浆，也一定既不养眼，也不养心。

我也不相信意盘，太荒唐，太玄虚，像气功大师的意念搬砖一样不可信。

我喜欢文盘。

我喜欢想象很久很久以前，有个人，很神气地佩了一块美玉，也好比是，随身携了一个精神的引领者。闲来无事，就爱用手去触摸亲近它一番。那指纹认得了那玉，那玉也认得了那指纹。手在一块通灵的石头上从容地游移，所有的杂念都被荡涤得一干二净，狂躁、嫉恨、猜疑、焦虑、厌倦、忧悒等不良情绪统统被挡在了心域之外。那一刻，乾坤清朗，花儿开放，玉的精神和人的精神融为一体，难分彼此。

那个比方真好——包浆其实是世间最美丽的一种花朵。爱玉的人，会情不自禁地用爱抚的方式去领悟玉的美德。盘玩的过程，其实是一个"玉我同化"的过程。玉在我手上，我在玉心里。说到底，包浆其实是爱玉者慨然赠予玉石的一朵手感细腻温润的心花。

心思总在一个地方流连，手指总在重复一种舞蹈，石头怎能不拥有丝绸样的灵魂？木头怎能不说出锦绣灿烂的语言？

——我愿意倾心去盘一块玉，让包浆成为它惊世的华服；也愿意让那块玉来盘我，让我的爱作别鄙陋与毛糙，开出世间最沉静、最美丽的花朵。

我不能悲伤地坐在花地

在淤塞了满心不快的日子里,被一群朋友喊着去了贡格尔草原。

车窗外面,是直铺到天际的绿毯,车上有人懊悔"咋就没带个足球来呢",有人央求司机:找块儿漂亮的花地,让我们下去拍拍照吧!

司机果真就把车子停在了一片开满了黄花的草地旁。

大家都下车了,我也跟着下了车。寻个缓坡,无声地坐下,看天的蓝,草的绿,花的黄。成群的美丽,如成群的牛羊,潮水般向我涌来,想要把我满心的不快掳了去;但是,我稍一凝神,悲伤立刻就主宰了我,叫我做不成快乐的自己。眼睁睁看着天的蓝,草的绿,花的黄,苦笑一声,自怜又愧怍地在心里说:我"白瞎"了草原呈给我的美。

一个穿了蒙古族服装的汉子,赶着一群洁白的羊儿在我们的旁侧走过。拿照相机的人纷纷追着那汉子和那羊群拍照。我不动声色地观察，发现了一个有趣的现象——有的羊竟然很有"镜头感"，发现有人给自己拍照，会冲镜头摆个"pose"呢！邂逅了羊的人与邂逅了人的羊，就那样在蓝、绿、黄的柔美色彩间温和地对视着，看得人心里一漾一漾的，有了想流泪的感觉……羊，撇下人，朝着水草丰美的地方去了。远了，更远了。

突然，人们爆出了笑声！看过去，见一个朋友的孩子正学了羊的样子，四脚着地，仰起头，让她的父亲给拍照；孩子的父亲匆匆按了几下快门，居然将相机一抛，撒着欢儿跑到女儿那里，与她并列站成了两只羊！所有的镜头都对准了他们，大家笑着，叫着，抱怨"笑得手颤，没法调焦距了！"见自己的创意出了彩儿，那对父女越发地疯了，居然头碰头假装"斗犄角"引人拍照！得了这对父女的启发，大家争先恐后地在草原上扮起了羊，有人甚至手脚着地在草原上悠闲漫步，偶尔还要低头叼起一茎草、一朵花，然后摇头摆尾，好不陶醉……

回到家，几乎每个人都把在草原上"扮羊"的照片设成了电脑桌面。"扮羊"的人对着那照片笑，也引得别人对着那照片笑。唯独我，缺少那样一张不该缺少的照片。

——在快乐拥抱他们的时候，我正拥抱着悲伤。快乐来了，怅然地看一眼我那被悲伤捷足先登的怀抱，失望地走了开去。

说真的，那悲伤的源头究竟是什么，我几乎全忘了，就记得自己被悲伤攫住时那挥之不去的悲伤。

我多么愿意引领着自己看清楚：躺在 20 床垫子加 20 床鸭绒被之上，还能被最下面的一粒豌豆硌疼的人，是可耻的；面对诗意草原，独自黯然坐在缓坡上，任由悲伤绑缚着的人，是可耻的。

每天每天，生活都呈给我们一片无形的花地。当我们幸运地被摆放在这片花地面前，我们在跟自己说着怎样的心语？"初见"般的欣悦还属于我们吗？替一只羊感知幸福的情感还能不能温柔地俘住我们？那被悲伤奋力捣碎的东西我们有没有勇气与智慧将其复原？

我曾悲伤地坐在草原给我的花地，却不愿意再悲伤地坐在生活给我的花地。日子的红毯次第铺开，以怎样的心情走在上面，全靠自我选择。

海棠花在否

春尚嫩，草木未及醒。香抱来一盆浓烈的花，说："海棠，让你眼睛先尝个鲜。"

——端的懂我，知我眼馋，送我一盆不嗜睡的妖娆。

好稀罕的海棠！铁色枝干，如焦似枯，失尽了生气；而在这焦枝之上，竟簪花戴彩般地缀了一串串娇姿欲滴的花朵。没有叶——保守的叶，或许还在慢条斯理地数着节气的脚步，花们却早耐不住了，你推我搡，捷足先登地抢了叶的风头。仔细端详那花与那枝，仿佛是不相干的两样东西——盛放与焦枯，奇迹般地同台演出，却又精彩得令人击节称赏。

这一盆"迷你"春天，婴儿般吸摄了我母性的心。暖气房太燥，天天提个喷壶，给她殷勤喂水。喷多了，怕浇熄烈焰；喷少了，又怕她喊渴。便忍不住怨她："海棠海棠，你总该开个口，为自己讨要一场无过、无不及的春雨呀。"

　　每日里一进家门，心中问的第一句话必是："海棠花在否？"——是韩偓的一句诗呢。青葱岁月里，欢悦地背诵过它；纵然我再善于舒展想象的翼翅，又怎可逆料，那诗句，竟是妥帖地预备了给我用在这里的。璎珞敲冰，梅心惊破，好花前吟诵好诗，在我，是多么奢华的时刻！可笑如我，竟毫无理由地以为，我的海棠愈开愈妍，定是得了我与韩偓的双重问候。

　　海棠花没有媚人的香，但这不妨碍我将自己融进她虚幻的香氛里。我安静地坐下来，与她长久对视。我想，如果我是一株植物，如果"焦枯"跋扈地定义了我的枝干，我还会葆有开花的心志吗？明知凋零就潜藏于日后的某一个时刻，我还会抗逆着令人畏缩的萧疏，毅然向世界和盘端出我丰腴的锦灿吗？

　　"如果说，一朵花很美，那么我有时就会不由自主地自语道：要活下去。"这是川端康成《花未眠》里面的句子。曾有个女生擎了书，认真问我："为什么看到一朵花很美，人就有了活下去的勇气呢？这两者之间有因果关系吗？"——这个问题，问得多好啊！我一直执拗地相信，好的问题本身就包裹了一个好的答案，犹如花朵包裹着花蕊一般。我没有急于为这女生作答，或者换言之，我舍不得贸然作答——我愿意将这个问题交给流光。

　　一朵花，她的象征意义委实值得玩索。当她在浩渺的时空坐标上多情地寻到你，当她以生命的炽烈燃烧慨然地点化你，如果你不曾在这一场特别的约会中汲取到强大的精神能量，你不该为自己的愚钝而捶胸叹惋吗？

——绽放，是一笔美丽的债，来人间还债的花与人，有福了。

坐在海棠花影中，想着这缤纷心事，突然不再担忧日后那场躲不过的凋零。当我再小心翼翼问起"海棠花在否"，即使我听不到枝头那热烈的应答，我也会用想象的丹青绘就一幅空灵画卷，供思想的蝶雍容栖止花间。海棠不曾负我，我亦未负海棠，我还要那些个赘余的幽怨惆怅派什么用场呢？

——"焦枝海棠"，你喜欢我这样唤你吗？冰欺雪侮，夺了你枝上的颜色，你却以焦枯之躯，勤心供养出酬酢季节的娇美花串。焦枝是你风骨，海棠是你精魄。你可知，你至刚至柔的一句花语，怎样幽禁了我，又怎样救赎了我……

｜ 花万岁

　　一早去牡丹园，发现假山下戳起了一块简陋的牌子，上面是一首手写的打油诗，清劲的柳体，颇惹眼。那打油诗写的是："牡丹可谓不容易，一年开花只一季。最盛只有十来天，看上一眼是福气。你若稀罕颜色好，拍她画她都随意。姑娘不要摘花戴，偷花不会添美丽。小孩不要把花害，你欢笑时花哭泣……国色天香人共赏，千万不要拿家去。"我一连读了数遍，意犹未尽，又用手机拍下来，发给了天南海北的朋友。

　　占有的欲望总是魔鬼般操纵着凡俗的心。就在刚才散步的时候，我看见烟雨湖畔的木栈道上横卧了几枝梨花，拾起来，擎在手上，是一种无限怅然的况味。那"梨花一枝春带雨"的佳妙光景，再也不可能属于这枝花了。白居易说："蔷薇带刺攀应懒，菡萏生泥玩亦难。"——蔷薇，披一身自卫的利刃，让攀折的手生出畏葸；菡萏，把家远远地安在泥淖之中，让贪婪的心徒呼奈何。但是，牡丹、芍药、梨花、桃花们却忘了设防，憨憨地把一种极安全的美丽和盘托给你。春风中，她们相约举出一道道特别的考题，考量人心。

"天国钟声""梅朗口红""美好时光""杂技表演""我的选择""我亲爱的"……这些，都是我校月季园中月季们的芳名。她们开得多么忘情啊！一天上班，我发现偌大的月季园中出现了一个墓穴般的空洞——"我亲爱的"不见了。一连几天，我都在暗暗呼唤着她的芳魂。所有让我生疑的地方都找遍了，却觅不见她的芳踪。就在我快要绝望的时候，"我亲爱的"居然回到了她原来的位置上！只是，她的花与花苞都凋萎了，叶子也已枯黄。我忙唤来园丁为她大量补水。园丁叹口气说："不中用了。——谁把好端端的一株月季祸害成这样了！"黄昏时分，我远远看到月季园里有一个黯然的身影。待那身影离开后，我才悄悄走到园子里，看到"我亲爱的"又已被浇了水。——无疑，她就是那个冒失地挖走了花的人。她定然如我一般热爱着"我亲爱的"，遂生出了独享的心。哪知，那花不媚她；就算她被悔愧驱遣着重又将花送回原处，那花也义无反顾地用凋残抗议她的劫掠。

据说苏格拉底是爱花的，当他带着弟子们漫游的时候，最喜将帐篷支在花丛旁。泰戈尔告诫人们："摘下花瓣，并不能得到花的美丽。"苏霍姆林斯基曾遇到一个摘玫瑰花的四岁女童，当他问她为什么摘花的时候，那女童说："我奶奶病得很重，我告诉她学校里有这样一朵大玫瑰花，奶奶不相信，我现在摘下来送给她看，看完后我就把花送回来。"——只有这个女童的"借花一看"是可以原谅的，因为她的本心，不是跋扈的占有。

我一直为高中语文教材中删掉《灌园叟晚逢仙女》一课感到遗憾。我喜欢冯梦龙笔下的"秋先"，喜欢他在花开之日，"或暖壶酒儿，或烹瓯茶儿，向花深深作揖，先行浇奠，口称'花万岁'三声，然后坐于其下，浅斟细嚼"。秋先在别人家的花园里看到心爱的花，便挪不动步了；花园主人想折一枝花赠他，他连称罪过，决然不要，"宁可终日看玩"。

——"花万岁"。如今会说这句话的人还有几个呢？无视花开的人，用冷漠为花降了一场霜；摘走花朵的人，用酷虐为花下了一场雪。而那霜雪的营造者，岂不也营造了"自我的冬天"？那在花前倾慕地作揖并深情地祝祷"花万岁"的人，自会被无边的春风宠溺，自会在无涯的芳菲中遇仙、成仙……

树先生

　　春日里，应邀到阔别多年的学校旧址去参加一个活动。一路走，一路叹——变了，一切都变了；远远看到那个放置着我青葱岁月的校园，也已面目全非。下了车，走在曾经熟悉的路上，履底已然寻不到往昔的足迹；所有的建筑都是新的，新得让人手足无措。突然，我惊呼起来——我看到了记忆中的那五棵老丁香树！它们居然无恙！它们居然一如我初到那年春季安静地开着淡紫色的花朵！我奔过去，抚摸它们，在心里说着温存的问候语……我回头对身边的一位活动组织者感叹："只有这几棵丁香树是老东西了。"她笑笑说："规划这楼房的时候，本应砍掉这几棵丁香树。但是，关键时刻，有个人站出来替它们说了几句话，他说：这几棵丁香树都70多岁了，比咱们都生得早，按理说，咱们应该尊它们一声'树先生'才对，欺负老先生，不合适吧……就这样，楼房往后跳了两米，丁香树留下来了。"后来我知道，为树请命的人就在活动现场，登时对他生出敬意。

——敬重树的人，让我敬重。

在绥中，遇到一位爱树的校长。那校长讲了一个关于树的故事——有一年秋天，他瞄上了一棵高大的银杏树，恰好他的新学校刚刚落成，若是能移来这棵树，那可就太添彩儿了。他便竭力跟能做主的人套近乎，那人终于开口讲了一个价。"其实就是半卖半送。"校长说。到了来年春上，他备足银两，预备去买那棵银杏了。但是，负责移栽的专家去了现场，感叹道：这么美的树形，砍掉枝干真可惜；就算砍掉大部分枝干，成活的可能性也只有70%。校长一听，毅然决定放弃买树。他对我说："每年秋天银杏叶子黄透的时候，我都要去看看那棵树，很庆幸自己当年没做傻事。"这位校长曾来过我们学校，当听我说学校面临搬迁时，他首先操心的竟是校园里的那五棵雪松。"你们一定要请最好的林业专家帮你们移栽。记着，挖树前要在向阳的那面做个标记，栽树的时候，阳面必须还要朝阳。"

在贵州梵净山乘坐缆车时，我身边坐了一位同行的植物学家。他无视身边几个女孩夸张的尖叫和搔首弄姿拍照，两眼直视窗外，一一呼唤沿途树木的名字，语调亲切，如唤亲人。我知道，一到梵净山，他就开始不懈地寻找一种叫作"柔毛油杉"的珍稀树种。因为他左一句"柔毛油杉"右一句"柔毛油杉"，搞得大家都会讲这个拗口的树名了，末了，索性就将"柔毛油杉"当了他的绰号。

听一位老师讲牛汉的诗《悼念一棵枫树》，那是那位老师自选的一篇课文。我猜，他定然是爱诗的。当讲到"哦，远方来的老鹰，还朝着枫树这里飞翔呢"时，他突然嗓音发颤，不能自已……我连忙埋下头，不敢看他。听完了课，我明白了，他对树的爱，远远超过了他对诗的爱。

无论是先于我生的树还是后于我生的树，都请允许我尊你一声"树先生"吧。——树先生，你的内心，也有隐秘的欢乐和忧愁吗？你也渴盼着知音的出现吗？当我有幸邂逅了你，你能读懂我对你心怀的深度好感吗？日月经天，江河纬地，你静默地站在一个属于自己的位置上，用枝叶对话阳光，用根须对话泥土。你活成了圣哲，活成了神祇。你给予我生命的柔情抚慰，胜过了一打心理医生。遇见你，敬慕你，礼赞你，祝福你，除了这些，我不知自己还能做些什么……

钟情种子

　　喜欢繁体字"种"的写法——"禾"加"重",禾之能重(重复)者,为"种"。这个字,是否隐含着这样的金玉之言:一粒麦子,若不落在地里死去,仍旧是一粒;若死了,就结出许多子粒来。

　　单位聘请的园丁是一位地道的"庄稼把式"。那天,他在春阳下撒播油菜花籽,边播种边自语:"有钱买种,无钱买苗哇!"我好奇地问他为什么。回答说:"从种到苗,不光要看老天爷的脸色,还要看土地爷的脸色,更要看种子的心劲儿大小。"我恍悟。仿佛是要印证他的话,我仔细点数了格桑花、旱金莲、虞美人的种子,在花盆里播下。若干天后,有嫩芽破土,点数那稀稀拉拉的小苗时,忍不住服膺地一再点头——果真被那位老园丁言中了呀。

　　相比于购买成年植株而言,我以为播种更为有趣。那见证了盆中物从死到生、从小到大、从弱到强的人儿,对生命的体悟亦随之丰富起来、细腻起来,甚至是,跟着那植物,自己也重生了一回。

　　我朋友张玉江，是一名水稻研究专家。他得意地告诉我说，有一种名叫"黑条宽膈飞虱"的稻田害虫就是他首次发现的，所以，此害虫的拉丁文名称中含有他的姓"zhang"。我跟他开玩笑说："让一种虫虫随了你的姓，你真是牛翻天了！"就是这个张玉江，曾送给我一小袋他种植的大米。怕我不珍惜，郑重嘱我道："这一粒粒的，可都是稻种啊，金不换的，你可要用心吃！"结果，我吃得太用心了——煮粥的时候，舍不得全用"张氏稻种"，只掺一小把；吃的时候，试图靠舌尖区分哪粒是普通大米、哪粒是"金不换"，吃得这个辛苦啊！一想到自己吃的本是可以掀起"千重浪"的珍贵稻种，竟有一种卸不掉的压力。因而，当玉江再次表示要送我"稻种"的时候，我断然拒绝了。

　　种子，是个神圣的词。非籽粒中之特别卓异者、幸运者不可以成为种子。傲慢的忽略，如影随形地跟定每一颗可能成为种子的籽粒。土地的呼唤再急切，也抵不过亿万个焦灼的味蕾对它念诵的魔咒。

　　季羡林先生写的《清塘荷韵》让人百读不厌——他朝燕园的池塘里投下五六颗洪湖莲子，但那莲子狠心地辜负了他。两年了，他已将心交付绝望。可到了第三年，忽见水面浮起伶仃的几片荷叶；第四年，那荷叶惊人地扩展蔓延，且开出了绝不同于燕园其他荷花的"红艳耀目"的、"十六个复瓣"的荷花！面对朋友"季荷"的赐名，老先生的欣悦是不可言喻的。"难道我这个人将以荷而传吗？"他如是问。我知道，这问中是满满的自得、满满的自矜。

想那洪湖莲子，究竟是怀抱了怎样一个不死的愿望，方能在沉寂了一千多个日子之后慢慢醒来？它定然于小小的心中，藏匿了一颗暖暖的太阳，自我照耀着，在黑色的淤泥中执着泅渡，不挣脱，不甘休。

美国作家凯伊·麦克格拉什在其《歌唱的种子》中讲过这样一个在达尼人中流传甚广的故事：鸟和蛇曾经有过一场战争，决定人类是同鸟一样会死去还是同蛇一样蜕皮永生。鸟赢了战争，所以决定了人类会死亡，而不是永生。但是，达尼人认为，人又绝不同于其他动物——人有灵魂。人的灵魂在心脏附近，它有一个好听的名字，叫"歌唱的种子"。"歌唱的种子"是人与人之间联结的纽带，假如族群中一个人"歌唱的种子"死去，那族群中所有"歌唱的种子"就会受到伤害。

你心脏近旁那颗"歌唱的种子"还好吗？即使心脏停跳了，你"歌唱的种子"也依然可以无恙的呀。古人云："薪尽火传。"那超越了柴薪得以传继的，不就是"火之种子"吗？

——埋没，是一个让种子们欢呼雀跃的词吧？太多的生命惊悚地拒斥着黄土，唯有种子，相思般地苦念着春泥。那就让它在春泥中隐身吧，让它娓娓告诉你，什么叫向死而生。

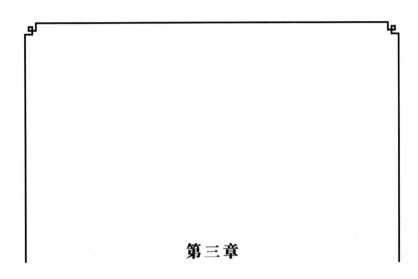

第三章

为你，我说过多少
颠三倒四的话

| 盘扣子

我在审视母亲走过的人生轨迹时，发现它是枣核儿形的——起初，母亲的世界在南旺村那个狭小的院子里；后来她的世界延伸到了晋州文化馆；再后来，她的世界竟然还曾延伸到了椰风海韵的湛江……然而，大约十年前，母亲的枣核开始悲凉地收拢，慢慢走向比先前那一端更逼仄的另一端。随着母亲的膝关节炎的加重，她的世界从县城，缩小到西关，再缩小到院落、房间……

母亲越来越离不开人了。有时候，弟弟弟妹出去片刻，她都会惊慌不已。她心中藏着一种尖锐的怕，就算她不说，我们也猜得透。

这次回家，我问母亲："妈，你可还记得怎样盘那种蒜疙瘩扣吗？"

母亲黯然道："记性越来越差，怕是早忘啦。"

我便找出事先备好的各色丝绳，递与她。

母亲背光坐着，喜爱地摩挲着那些丝绳，慢慢拈起一根，不太自信地将两头搭在一起，又慌张地扯开。

我鼓励她说："妈，你还记得我那件玫红色法兰绒的坎肩不？那不就是你盘的扣子吗？每年秋天我都要穿一穿它呢！我一直想跟你学盘扣子，一直也没学会……"

母亲听了，数落我道："手指头中间长着蹼呢——拙呀！"

我摊开手掌，装傻道："啊？蹼在哪儿呢？在哪儿呢？"

母亲仿佛在数落我中汲取了力量，脸上有了明快的自信，继而，这自信又传到了手上。终于，她兀自笑了一声，两只苍老的手笃定地动作起来。

犹如神助般地，母亲盘好了一个完美的扣子！

接着，我又贪婪地递上丝绳，央她再盘，央她教我盘。

母亲越盘越娴熟，那过硬的"童子功"毫不含糊地又回到了她的手上。

母亲是多么快活！她对来借簸箕的邻居大声说："这不，我家大闺女稀罕我盘的蒜疙瘩扣，非让我给她盘！你看看，都盘了这么多了！"

我毫不吝惜地赞美母亲的作品，毫不掩饰地表达想要更多扣子的愿望。母亲则因为帮我做了我无力做成的事而开心了整整一天。

我悄悄跟自己说："母亲那尖尖的枣核儿能吸附些微的快乐，该有多么不易！所以，在母亲有生之年，我不能学会盘扣子，绝不能……"

陪母亲随便走走

远嫁之后，母亲成千山万水之外的一份牵念。每当假日来临，我的心都要被思念煎着，顾不上天寒天热，一定要买张车票回到那令我魂牵梦萦的小城。

吃过了母亲包的饺子，喝过了母亲泡的清茶，在野鸽子咕咕咕的叫声中，我梳妆打扮，准备陪母亲出去随便走走。

我喜欢稍后一步地跟着母亲，顺从地听凭老人家带着我在街巷里左拐右折。母亲主动向所有的熟人打招呼，哪怕那人远在半条街之外，母亲也要用热情洋溢的问候把人家拦住。母亲似乎始终都在期待着人们探问起我的情况。

——是你家大女儿吧？

——可不是她吗。

——看这眉呀眼的，多像你年轻时的样子。

——都这么说哩！

——这妮嫁了没呀？

——还嫁了没哪！跟你说呀，她家小子都这么高啦！

母亲得意地夸张着她外孙的身高，那多比划出来的一截儿足够她外孙铆着劲长 3 年的。我却无心去挤掉母亲话中水分，只在一边美美地笑着，坦然地收下了别人的艳羡与恭维。

风从母亲的方向吹过来，我嗅到了她衣服上的淡淡的樟脑气味——母亲穿的是一件她素日舍不得穿的"箱底衣"。

我随母亲走到一个临街的点心铺。戴着高高的白帽子的老师傅认出了我，便笑呵呵地提起我小时候买一块点心还嚷嚷着让他饶一把点心渣的光荣历史。我和母亲听罢大笑起来。母亲从袜腰里摸出一张面额不小的钞票，补偿般地非要让我跟三五个正埋头大吃的孩子坐在同一条长凳上吃热点心不可。我便像个馋丫头一样，擎着一只小碟子，兴高采烈地加入了孩子们的行列——去它的减肥计划！去它的卡路里！我这样跟自己说着，肆无忌惮地大嚼大咽，心里鼓涨起重回童年的无限欢喜。

告别了点心铺的老师傅，我继续随母亲信马由缰地在街衢上漫步。高高的白杨树在我们的头顶上拍着巴掌，野鸽子用咕咕咕的叫声阐释着它心中的快乐与忧伤。

向母亲诉苦，是我的传统保留节目，就像小时候摔了一跤就一定要让妈妈用力跺跺那块地皮一样，为的是得到母亲精神上的摩挲与抚慰。我絮絮地跟母亲说着：被阿甲伤害，被阿乙误会……连我自己都搞不懂，一向以"女强人"自居的我究竟哪儿来那么多的委屈与哀怨。针尖大的不快，芝麻大的痛楚，此刻一律被原本粗疏的心一一忆起。说到伤怀处，泪水竟不知不觉地濡湿了面颊。母亲则柔声地劝慰着，耐心地开导着，再一次把她的人生信条讲给我听——明里人辜负，暗中天偿还。我听了心头倏地一热，郁结于胸的块垒顷刻间瓦解冰消。

············

跟母亲随便走走，在我是件多么奢侈的事！和母亲走在一起，所有的平凡都变成了神奇，所有的苦涩都变成了甘甜。母亲欣赏我炫耀我怜爱我纵宠我，不为别的，就因为我是她的女儿。我眸中流动的是她昨日的眼神，我眉梢挑着的是她今天的骄矜。在母亲的心目中，我的一颦一笑一啄一饮全都是天大的事情——我拈起一枚快乐的红叶，母亲就拥有了整座枫林；我咽下了一滴痛苦的海水，母亲就坠入了无边的汪洋。以我为岸，以我为源，以我为日，以我为月——母亲呵！

现在，在我伏案写这篇小文的时候，我的母亲正在千里之外做着什么呢？她那件稍像些样的衣衫又躺到箱底嗅樟脑丸去了吧？她的袜腰里还有没有塞着预备给女儿买甜点心的钞票？她最爱的野鸽子是不是又在瓦蓝的天空下咕咕咕叫起来了——妈妈，等着我，等我在阳光灿烂的日子里回到您身边，让我们再一次把幸福的脚印留在那座名叫深泽的小城。

| 蓝花布巾

白露为霜的时候我回到故里，不巧遇上寒流。我的低领羊毛衫无力温暖我的脖颈，寒气骤然扫荡了周身。

母亲看我瑟缩的样子，数落着，嗔怪着。我梳头的时候，她在我身后抖开了一块蓝花布巾。我在镜子里看到那古瓷碗花边一样的拙朴图案，噗地笑出声来。我说：哪儿弄来的这么一块头巾？母亲说：你好好看看，看还记得不？我回过身来，怪讶地从母亲手中接过那块蓝花布巾，翻过来掉过去地看。末了，我摇摇头说：不记得。

母亲说：是十几年前的事了。那时，你还在上大学，寒假回家，你给你外婆买了这块头巾。你外婆特别喜欢，过年的时候戴了一回，就舍不得再戴，叠起来压在箱底了。有一年秋天，我去看你外婆，临走的时候，你外婆担心我着凉，硬要让我围上这块头巾。我只好围了。也就围了那么一次吧，回来就放起来了，本打算以后找个机会再还给你外婆的，哪想，你外婆那么快就用不着它了……甭看这么多年过去，这块头巾到今天都还没下过水呢。

我无声地坐在母亲的床上，平展地铺开了那块蓝花布巾。我的手在那一朵朵蓝花上游移，试图在那拙朴的纹路间触到外婆留与我的一丝丝印痕。那一刻，我由衷地为十几年前外婆那个懂事的外孙女而感动。在北京还是在张家口，她于千万块头巾中挑出了这一块最能代表她审美情趣的蓝花布巾。她本是想让她的外婆暖一些的，但是，外婆却更想让自己的女儿暖一些；外婆的女儿本可以在那么多个秋冬里用旧这条头巾的，但是，她却一直悉心地看护着那一朵朵蓝花，在这白露为霜的日子里，送给女儿一份崭新的惊喜。

对着镜子，我仔细地围好那块蓝花布巾。母亲欣慰地站在我身后，微笑着说：多好看。我轻轻抚弄着巾角，微笑着回答：是好看。

——走在街上，看着那些颈项裸露的人们瑟缩着赶路，好想说：知道吗，我有一个暖心的故事，值得告诉全世界……

值得告诉母亲的事

到外地学习，手机费是长途加漫游。给母亲打电话时，母亲说："以后没啥事就别来电话了；就是来电话，也拣着那值得说的说——手机费太贵。"

删繁就简，那就拣着最重要的事告诉母亲哦：我窗外有条河名叫丽娃河。有只蝴蝶傻乎乎飞进我屋里来了。马路对面的老鸭粉丝汤又便宜又好吃。我买了两个挂衣服的粘钩却怎么也粘不住。走着走着路一只鞋的高跟突然就掉了。我额头正中长了一个特别难看的红包。我的杯子盖儿不知怎么找不着了。今天讲课的老师一着急就冒出咱老家那边的口音……

母亲嗔怪我净说些鸡零狗碎的小事儿。但我感觉得到，她一直都在特别认真地听着，偶尔插句嘴，也正搔到我的痒处——母亲是带着世界上最在意我的耳朵在听啊！而在我的心里，又有哪一样不是值得告诉母亲的最重要的事呢？

就在临出来学习前，我刚陪着一位伤心的母亲流过泪。她告诉我说，她读高中的儿子已经好久不跟她说话了，每天一放学，他就把自己关进自己的小屋里；学校需要交书费了，他就写个纸条放在茶几上。这位母亲悲痛欲绝地说："你说我怎么就养活了个仇人啊？"我向这位母亲讨要了她儿子的邮箱，把我最喜爱的Flash《生命的列车》发给了他。我愿意引导着这个可怜的孩子去看清：降生人世，我们就坐上了生命列车。我们曾经以为，我们最先见到的那两个人——我们的父母，会在人生旅途中一直陪伴着我们。很遗憾，事实大多并非如此。他们会在某个车站下车，留下我们，孤独无助。他们的爱、他们的情、他们不可替代的陪伴，再也无从寻找……

如果一定要说出爱的"赔"与"赚"，我敢说，爱母亲绝对是天底下最"赚"的事！母亲把疼儿女当成毕生的职业，她的爱丰沛、绵密、无可替代。不管你以怎样的理由冷落了母亲的爱，你都是世界上最傻的傻瓜。

我实在说不清究竟什么才是值得告诉母亲的事，但是，我知道，我告诉母亲越多，我的心就越勇敢，我的眼就越明亮，我的爱就越丰饶，我的情就越澄澈，我的恨就越缥缈，我的怨就越稀薄……一滴水的快乐拿给母亲分享，那快乐眨眼就变成了一片海；一片海的痛苦拿给母亲分担，那痛苦转瞬就变成了一滴水。

——你愿意把阅读这篇小文的感受告诉自己的母亲吗？如果你愿意，那你就是个幸福的人。

父亲给我的世界

我一直为这件事难过。我生命中那么重要的一个人，我却欠了他一个称谓—— 一个本应是至亲的称谓。

他是我的继父。

我是在 6 岁那年拥有这个父亲的。拥有这个父亲之后，我便被寄养到了 30 公里以外的外祖母家。不是他多嫌我这个女儿，而是我这个女儿实在不愿意和他生活在一起。我不知道自己为什么那么排斥他，反正就是不能容忍和他在一个屋檐下过活。就这样，我宁肯被每日思念母亲的痛苦折磨着，也执意要住到外祖母家。长久的不相见，使我和我的父亲越发地生分起来。有时他来探望我的外祖母，我放学回家瞄见了他支在院子里的自行车，便悄悄溜掉，跑到艳芝家，直到外祖母蹑着小脚找来，才不得不跟着她回家去。

我读初中的时候，我性情暴烈的舅舅因为一件小事开罪了某大队干部，那个大队干部因此给了舅舅许多苦头吃。家里人都以为这事以舅舅的遭报复而告完结了，谁知道竟波及了我的升学。那时候初中升高中是要大队干部"推荐"的，我没有被"推荐"上——虽然我成绩不错。

我早就厌烦着上学，这下好了，我终于可以在家自在待着了；我的外祖父十分纵宠我，平日里看我写作业总是忍不住要劝我"歇会儿"的，这下好了，老头儿不必再因为看外孙女受苦而心疼了。

但是，我的父亲却为这件事急坏了。他一趟趟地往外祖母的小村跑，那段时间，院子里总支着他的自行车。他找了许多关系，被人拒绝，遭人奚落，但他却不肯轻易放弃。他辗转找到了我母亲早年的一个同事，拎着挂面和鸡蛋去登门拜望人家，结果，人家收下了挂面和鸡蛋，却忘了收下我这个学生。

就在心被戳痛的那天晚上，我的父亲哭了。我没有看见那一幕。我照例到艳芝家去玩了，照例玩到困倦了也不愿意回家。后来我听我的外祖母讲，就在我玩得不愿意回家的时候，我的父亲为了我没有学上哭了。揣想着他除掉深度近视眼镜擦眼泪的样子，不懂事的我，竟以为那是件有趣的事情。

他又设法托人找关系。终于，我被一所叫"耿庄中学"的学校收留了。那所学校距离外祖母家有 10 公里远，骑车跑家十分辛苦。放学回家，把书包一丢，我便开始向外祖父大撒怨气。外祖父一迭声地叹气，说："不去了！明儿咱不去了！"

　　我在耿庄中学读了一个月的书，就转学到了父母所在的县城中学。后来我才知道，父亲把我安排到耿庄中学去读书，采取的是"曲线救国"的方法，先让我在那里取得"学籍"，然后再顺理成章地转到管理比较规范的县中去读书。

　　父亲的家境很贫寒。他一度做过染布的差事。记忆中他的手上总渍着蓝绿的颜色。就是那样一双手，总是变魔术般地变出一些钢镚和破旧的毛票，递给我，满足我吃零嘴的嗜好。

　　1978 年我高中毕业。那是恢复高考制度的第二年。我自然报了名，要参加高考。

　　迈进考场的日子一天天临近了。那天，我的同学改子来找我，捋起袖子说："看，手表。我爸给我借的，考试的时候戴着它好掌握时间。"

　　我没有说话。虽说我也特别希望父母能给我去借块手表，但我努力说服了自己那颗滋生出奢望的心。

　　高考的前一天，父亲那善于变魔术的手居然给我变出了一块手表！

　　——那手表不是借来的，是父亲去石家庄给我买来的。那是一块"海狮"牌手表。我一辈子都忘不掉手表上那个"海狮顶球"的图标。这块手表的价格，对于这个贫寒的家庭来说无疑是天价，但这天价的手表，却真真的被父亲买回来了啊！

我拿着那块手表，尝试着将它戴到腕子上。暗淡的房间，暗淡的光线，只有我手上的手表是明晃晃的。我的父亲、母亲、弟弟、妹妹团团围了我，要看着我把那块明晃晃的手表戴到腕子上。那一刻，处在这个仪式中央的我，突然想放声大哭……

我戴着那块"海狮"牌手表，走过了高考考场，走进了大学校园，走上了工作岗位。

在远离父母的一座北方城市里，我做了一名光荣的人民教师。

成家后的第二年，我的孩子就急迫地来向世界报到了。

父母来看我，看到要强的我被忙乱包围着，连口热乎的饭菜都很难吃上，我的母亲当场就掉了泪……

时隔不久，父亲去广州出差，一眼就相中了那种刚刚面市的电饭煲。他毅然掏钱买下来，背着它跑了大半个中国，又亲手教我煮好了一锅米饭，这才放心地笑了……

直到今天，我依然不会对父亲开口叫一声"爸"，但在我心中，我一直熟稔地使用着这个称谓。

父亲一天天地老去，我一天天惶恐地意识到我无论怎样努力都难以报答他对我的恩情。父亲给我的爱，清醒而又绵密。他为我计划得长远，却又不曾忽略掉我最实际的需求。我不知道亲生的父亲又能在那爱上附加些怎样的成分。

　　我越来越强烈地感到，我今天的许多思想和行为其实都可以到父亲昨天对我的施与那里去寻求答案——作为一个被升学压力压得喘不过气来的重点高中的校长，我明白自己学校里的"差生"流失得越多对将来的升学评价就越有利，但是，我不能听任哪怕是倒数第一的学生轻易退学，在他们的老师指天发誓他们是自愿退学之后，在他们的父母在"退学申请"上正式签字之后，我一定要亲自见见那个要辍学的学生，我期待着这个孩子能够回心转意，我期待着奇迹能在那最后的时刻发生，我看见岁月深处有一双眼睛鼓励着我这样做，我知道我这样做其实是在竭力报答上苍派来提升了我人生的那个人；"时间"这个东西真正和我发生关联，我以为是自打我的腕上有了那块"海狮"牌手表以后，它庄严的"嘀嗒"声让我不敢懈怠，不敢苟且，我坚持写作，已出版了多部散文集，我在意这样的时刻——拨通家里的电话，告诉父亲说我又和一家出版社签订了出书合同，我愿意详细地向老人家汇报我的新书的字数、印数、版税、出版社、出版日期、责任编辑等繁杂琐碎的信息，我愿意听到父亲欣慰的笑声，我愿意听到父亲温和的提醒；每当看到我的学生和他们的继父、继母抵牾，我都心如刀割，我甚至顾不上掩蔽自家又酸又涩的隐私，把挂面鸡蛋的故事、钢镚毛票的故事、海狮手表的故事和电饭煲的故事一股脑地讲给别人听；我学着疼自己，关照自己的胃口、容颜和心情，不容许自己草草地打发掉自己，每天每天，太阳照到我的时候，我都渴望能在心里对它说一声"让我们来交换光明！"……

——我已明白，人，要为爱自己的人，好好活。

我和丈夫都曾弄丢过一次孩子

话说，一个粉丝读了我儿子写的《我眼中的父亲母亲》那组文章后，饶有兴趣地发现，这孩子被弄丢过两次！一次是被他爸爸弄丢的，一次是被他妈妈弄丢的。这个聪明的粉丝敏锐地捕捉到了此事的笑点与槽点，她居然给我留言，问我可不可以把这两个"美妙"的小故事再讲述一遍？我说："亲爱的，你真是唯恐你姐不悲呀！好吧好吧，遵你所嘱，复习一遍！"

走起——

我儿子4岁那年，他爸爸老徐带着他去马矿新区菜市场买菜。菜市场离我家大概有两站地的距离，要穿过一个杂乱的小区。我们一般都抄近路，七拐八拐。当时正是春光灿烂的时节，到处都是乱窜的红男绿女。

那爷俩去买菜了，我在家里洗衣服。洗完了衣服，准备晾晒的时候，有人敲门。

打开门，是儿子！一个人！手里还拿着一张贴画！

我惊问："爸爸呢？"

小声答："我把爸爸弄丢了……"

我吼："你再说一遍！"

他带着哭腔说："我把爸爸弄丢了。"

我的脑袋嗡地一下就炸了！那时候还没有手机。我思忖，我家老徐还不得急疯了？！

我赶紧拽孩子往外跑。

待我们来到菜市场，根本寻不到老徐的踪影。惶急间，听到大喇叭里正在广播找人："哪位顾客捡到了一个 4 岁的小男孩儿，穿黑色西服，手里拿着一张贴画。孩子与爸爸走散了，有见到的顾客请把孩子送到广播室，孩子的爸爸正在广播室等他。谢谢！"

我赶紧拽着孩子跟头趔趄地往广播室跑。

一进门，就看到了老徐——如丧考妣！

我喊了他一声，他一回头，看到我们娘儿俩，见了鬼一般惊叫一声，一把搂过孩子，生怕他飞了似的，又气又怜地说了句："你跑到哪儿去了？"

儿子说："我一直拉着你的衣服，后来一看，变成别人的衣服了，我就自己回家了。”

我俩听了，惊叹了又惊叹，后怕了又后怕。这个穿黑西服的 4 岁男孩，默默流着泪（后来承认的），手里拿着一张贴画，硬是七拐八拐，穿过一个杂乱的小区，穿过红男绿女，独自回到了两站地以外的家！

——能耐啊！

再说第二次丢孩子哈。

那是我儿子读初二那年，我们单位组织大家去南京旅游，规定可以带一名家属，于是我就带了儿子。

那日黄昏，在人山人海的夫子庙，导游晃着一面三角小旗，引着我们走。大家一会儿在这个小店停停，一会儿在那个小摊儿看看。

突然间我一回头，发现儿子不见了！

我惊问几个同伴：“看见我儿子了吗？”大家都说没有看见。

我急疯了！向着人流一遍遍高呼儿子的名字！

——没有回应！没有回应！！还是没有回应！！！

导游焦急地说：“怎么办？分头去找吧？”

我平复了一下自己的情绪，说："先不用，我回到可能是我们分开的路口等他。"

凭着我对儿子的了解，我猜他发现与我走散之后一定不会到处乱闯，一定会去回到我们分开的路口去找我的！

仿佛，我在那个路口站了一个世纪。

各种能把我碾成粉末的凶险猜想在我的脑海里飞快翻篇。我感觉自己快支撑不住了……

就在这时，我听到儿子在我身后叫了声"妈"！

我回转头，歇斯底里大叫："你跑哪儿去了？急死我了！"

儿子怯怯地说，他在一个地摊上看人家卖的东西，挺喜欢的，就忘了时间……

感谢清明的社会环境，我们丢了两回儿子都没真丢；也暗自庆幸我们夫妇俩各丢了一次孩子，打了个平手，省得丢的被不丢的活活骂死！

不过，我必须告诉你，丢孩子的后遗症实在太严重了！时至今日，我还会梦到夫子庙攒动的人头以及我骇绝的呼唤，醒来，一身冷汗。

你知道我儿子是如何评价他粗心的爹娘弄丢他这事的吗？他写道："今天看来，虽然我还是很难体会他们当时的那种焦灼与担忧，甚至恐惧，但我分明感受到了他们对我深深的爱。我曾这样从他们身边走丢过，但是，在我的人生道路上，因为有他们的陪伴和指引，我从来都没有迷失过。"

为你，我说过多少颠三倒四的话

一天，儿子突然对我说："妈妈，你跟我说的好多话，听起来都是自相矛盾的。"

我愣了一下。是这样吗？怎么会是这样？

嗯，好好想一想，为你，我究竟说过多少自相矛盾的话？

——我说："你要多吃一些啊！"我又说："你可别吃得太多啊！"总企图让你吃遍世上珍馐，又担心你不懂得节制，吃坏了身形吃坏了胃。出差的时候，习惯带一些当地小吃回来，哪怕你在万里之外，哪怕你半年之后才能回家，那也要放在冰箱里，等你回来吃；而当你父亲不停地往你碗里放红烧肉时，我竟会抢过来一些，怨责道："别给他那么多！"

——我说："你要快点走啊，千万别迟到！"我又说："别走太快，路上注意安全！"希望你永远不是那个在安静的教室外面嗫嚷地喊"报告——"的孩子，希望你无论与谁相约都永远先他一步到达。但是，一旦你消失在我的视野中，我就开始用种种可怕的虚拟场景惊吓自己，担心你遇到不长眼的车，担心你只顾匆匆赶路没注意到前面的一道沟坎。我派自己的心追踪你，告诉你说："孩子，别急，慢慢走。"

——我说："你一定要做完了各科作业再睡！"我又说："别熬到太晚，早点休息吧。"我多么怕你把学习当成儿戏，我多么怕你成为一个不争气的孩子啊！面对着"抄写八遍课文"这样的"脑残作业"，我想说："去他的！别做了！"但话到嘴边却变成了"抄八遍就抄八遍吧"这样没心肝的句子。我好害怕你在抗议中滋长了对知识的轻慢不恭，所以，我宁愿选择暂时站在谬误的一边，看你平静地完成一份"脑残作业"。在大考将至的日子里，你埋头题海，懂事地克扣掉了自己的睡眠。你知道吗？当我说"孩子，睡吧"时，我心里却盼着你回答："妈妈，我再学会儿。"

——我说："衣服嘛，没必要太讲究，能遮羞避寒就可以了。"我又说："买衣服，别将就，好衣服能带来好心情。"我读大三那年，曾经被一条骄矜地挂在宣化"人民商场"的天价咖色裤子折磨得寝食不安……我好怕那样的不安也会来折磨你。我说："没出息的人才会甘当衣服的奴隶。"可是，当我看到你捡徐磊哥哥的旧衣服穿也欢天喜地时，我又忍不住为你委屈起来。当你到异地求学，我嘱你要学会逛服装店，为自己挑几件像样的应季服装。不料，你竟学着我的腔调说："没出息的人才会甘当衣服的奴隶。"

——我说："你千万不要早恋！"我又说："遇到个好女孩就该勇于向她示好。"我一遍遍教导你：人生，一定要遵从"要事第一"的原则；人生的每个阶段都只能有一首"主题歌"。所以，在你读高中的日子里，我近乎神经质地提防着每一个和你接触的女孩。当她们打来电话，我会很没素养地劈头就是一句："你叫什么名字？"后来，你赌气般地不再跟任何女孩交往了，我又开始担心你辜负了上苍的苦心赐予。我发短信告诉你说："记得本妈妈曾告诫你：不要在一朵花前过久停留。但是现在，本妈妈要隆重补充：特别卓越的花朵除外！"

——我说："孩子，你能飞多远就飞多远吧！"我又说："还有什么比一家人生活在一起更重要的事呢？"我曾嘲笑一个接了母亲班的女孩，说她们母女在单位的公共浴室里互相搓背简直是一道独特的凡间风景。我愿意看你远走高飞，不愿意让你始终窝在这座你出生的城市里。但当你独自沐浴了六载欧罗巴的阳光，当你如愿以偿地拥有了一顶博士帽，我却频频梦见你回归，在梦里，我清清楚楚地听见你说："妈妈，我已厌倦漂泊。"我也清清楚楚地听见自己说："孩子，回来吧，回来了我带你去东来顺吃涮羊肉！"

…………

不曾被矛盾重重的想法折磨过的心，不是母亲的心。因为爱得太深，所以才会昧，才会惑，才会颠三倒四，才会出尔反尔。孩子，你可知道，当你走得太快，我祈盼着用爱截住你；当你走得太慢，我祈盼着用爱赶上你。所以，无论我说过多少自相矛盾的话，无论这些话让你觉得多么无所适从，我都希望你懂得我说这些话的出发点与归宿。

爱 的 盛 宴

我的一个正在读大四的学生放寒假后到学校来看我。我问他：
"回到家感觉好不好？"他说："当然好，好极了！"我让他具体
谈谈怎么个好法，他居然说："感受最深的一点就是，吃饭不用刷
卡！"我哑然失笑。他却认真地说："真的老师，说起来有点俗，
可我感受最深的确实是这一点。您知道吗，我毕业后打算到欧洲去
读研，到那时，想吃妈妈做的饭可就难了。不是跟您吹，我妈做的
饭，称得上是世界一流！管够，还唯恐你吃不好！我妈劝起饭来没
完没了，弄得我的减肥计划彻底泡汤，可我这心里头啊，却乐着呢！
老师，我总记得您讲过的那个吃饺子的故事，一想起那个故事，我
就把我妈妈做的饭品出了一种特别的滋味。"

我心头一热，说："难得你还记得它。"

我的确曾给这一届学生讲过一个发生在我朋友身上的真实故
事——朋友在外地工作，常年不回家，母亲盼呀盼，终于得到了儿子
要在除夕之夜回到故里的喜讯。那天，在爆竹声中，母亲包好了三鲜

馅儿饺子，专等着儿子回来后下锅。馅儿是精心调的，应该正对儿子的胃口；但是，母亲心里还是有一些忐忑，她想预先知道这饺子的咸淡，便煮了两个来品尝。一尝之下，母亲大惊失色——饺子馅儿里竟然忘了放盐！母亲看着两屉包好的饺子，绝望已极。她知道可以让儿子蘸着酱油吃，她也知道即便蘸着酱油吃儿子也会欢呼"好吃死了"，可她不愿意让千里迢迢赶回家来的儿子吃到有缺陷的饺子，怎么办？这个聪慧的母亲，居然从邻居那里讨要来了一支注射针管，调好了盐水，开始逐个给饺子"打针"。儿子回到家时，饺子也注射完毕。母亲煮好了饺子，让儿子尝尝饺子的味道如何。儿子尝了，连说"好吃"。这时候，母亲得意地举起那支针管给儿子看，向儿子夸耀说她可以将一个缺陷修复得让他察觉不出来。可是，儿子听着听着就哭了，他在想，这些年，他一个人在外面打拼，也曾吃过很多饺子，那些饺子，咸的咸，淡的淡，他都咽下去了，有谁，能像母亲这样在意儿子的口味？为了让儿子吃到咸淡适宜的饺子，母亲竟想出了这样高妙的法子。吃着这样交织着母亲的爱与智的饺子，哪个孩子能不动容？

我多么欣慰，几年前，我将这样一个暖心的故事植入了孩子们的心田，我本不指望收获什么的，甚至以为那听故事的人很快就会将它淡忘了；但是，这个同学居然能把这则故事铭记这么久！我相信，铭记着这则故事的人会珍惜母亲做的每一餐饭，会在寡淡的饭菜中品出一种难得的真味与厚味。母亲摆出一场爱的盛宴，只等着她心爱的小鸟来啄。幸福的小鸟啊，你无须刷卡，只管欢畅啄食，尽情享用这人间珍馐吧。

必然的抵达

孩子，那一年，你还未必会写"目标"这两个字，却似乎突然明白了为何而活。仿佛是在呓语，又仿佛是在宣示，你说："我要当工程师！"天知道你小小的心究竟晓不晓得什么叫"工程师"，没准，你以为"工程师"就是一块可以吹得像气球一样大大的泡泡糖。但是，最初那一茎不经意的绿芽，在被父母千百次说笑着重复之后，竟成了你着赧地讲出的一株真正的梦想之树。

我多次追问自己，莫非，不是你寻到了那个目标，而是那个目标寻到了你？或者，你们互相寻找，然后惊喜地拥有了对方？反正，那个目标开始小蛇一般明晃晃地跃动着，总诱着你的脚步向前。

你怀疑过自己。你曾沮丧地说："太多的人都比我优秀。"你老是巴望着自己的名字排在成绩单的第一位，然而，你的前面，总有几个名字在那里晃啊晃，拦住你，不让你遂愿。我说："妈妈是做教师的，知道教育界有个著名的'第 10 名现象'，就是说，在班级里排名第 10 名左右的孩子以后可能是最有出息的。别气馁，你要生出与竞争对手较量人生最终得分的雄心。"你又说："妈妈，你和我爸爸都是学中文的，按照遗传学的原理，我似乎更适合学文科，可我偏偏选了理科。我觉得我好像是选错了。"我说："其实，妈妈的理科学得棒着呢！妈妈一直为自己选择了文科后悔呢。现在好了，你成了妈妈最好的后悔药。"

你于是微笑着前行，心儿的帆，鼓得满满。

你寻梦寻得好辛苦。在万里之外的异国，我惊讶地发现你稚气未脱的眉宇间竟隐约有了一道只有母亲才能发现的细纹！我慌了。我问自己，这孩子究竟给自己的眉心施了怎样的压？或许，上万次的局部皮肤活动才能缔造一条皱纹啊！离别的时候，我郑重书写了《母亲至嘱16条》，令你贴于床头。其中一条，就是告诫你"不皱眉"的。我好怕在追梦途中，你被滑黠的窃贼窃走人生的快乐。我要你的眉梢永挑着欢笑。

后来，你戴上了博士帽。你告诉我说，你是你们高中同学中第一个拿到博士学位的。我立刻想到了那张曾被你万分看重的成绩单。孩子，你看，这一回，到底是谁的名字，当仁不让地排到了第一位？

再后来，你被允以可观的人生红利。你问我："我到底该不该去拿呢？"我记得曾跟你说过，生命，有一种粗略的计分方式，那就是金钱占有的多寡。而今，你突然拥有了这种并不惹人反感的得分机会，我自然不该拦你。但是，孩子，与你进一步接近自己的人生目标相比，我建议你舍弃这红利，我宁愿看你在更靠近目标的地方，乘着风，去追梦。

"远方除了遥远一无所有"。孩子，不要听信这样的话。相信吧，当你拥抱远方的时候，你就拥抱了一个全新的自己。只有卓异的耳朵，才可以听清远方的召唤；只有插翅的心灵，才可以饱览远方的胜境。

有时候你也会惶惑，抱怨说你与自己的目标互相背弃了，懵懵懂懂，甚至南辕北辙。我想提醒你的是，那一年，我们一起攀登峨眉山，蜿蜒的山路，有一截，居然是往回走的。你叫了起来："这离金顶不是越来越远了吗？"可是，峰回路转，柳暗花明，我们在走过那一段非走不可的"冤枉路"之后，必然地攀上了更高的山峰。

孩子，如今你已经成了一名名副其实的工程师，而你的梦还远没有结束。那条明晃晃的小蛇，又在你前面跃动了吧？孩子，答应我，别拿自己的目标与他人的目标交换，别把目标兑成沉甸甸的金子，别怕目标在眼前的瞬间消失。只要你肯率先把一颗滚烫的心慨然交付远方，身体的抵达，是迟早的事。

亲爱

在上海地铁一个入口处，看到一则公益广告。画面极其简洁，满纸就是一个"親"字；左边那个"亲"是血红色的，热烈，抢眼；右边那个"見"却是渐变的淡灰色，墨色由上而下渐次变浅，到底部时，几乎浅到没有。匆遽的脚步不由得放慢了。心，被眼前这个诉说着渴望又诉说着无奈的繁体字弄得又酸又暖。我相信我读懂了这则公益广告，它在提醒匆匆路人，不要让那个"見"字慢慢剥蚀了颜色；真正的"亲"，一定要看重"见面"。"百回信到家，未当身一归"，贾岛一千多年前的劝诫，似乎特别适合用来赠予今天众多的"电话依赖症"患者。

我们学校每年招收台湾"新华爱心教育基金会"资助的"珍珠生"。每个"珍珠生"都会得到一件由基金会赠送的夹克衫，夹克衫前后都印有基金会的 LOGO——一个心儿超过了身体宽度的"爱心人"。"爱心人"的"心"中装着一个"愛"字。在那个"愛"字中，有一个不能省略的"心"。每当我到"家庭特困、成绩特优"

的"珍珠生"家中去家访，我都要忍不住提醒自己：我带来的，可是一个不能简写的"愛"？

——"亲"要见面。

——"爱"要用心。

半个多世纪前，我们为了书写的方便，把"親愛"简写成了"亲爱"。我们毫不惋惜地把"见"与"心"一并交付给了过往的风。我们来不及想，仓颉造字时，在"親愛"上倾注了怎样的深情；我们来不及想，在"親愛"中，隐藏着一句多么深挚的劝勉！

长亭，短亭。短亭，长亭。想我们那被山水阻隔的先祖，为了用行动书写好那个"親"字，"行行重行行"，在长亭、短亭的凄冷中，苦寻生命的暖意。被思念冰得痛了，就看一眼天上的月亮，揣想着那伊人也在此刻举头望月，两地的目光，便在月亮上幸福地交融。——"无見难为親"。他们心空回响的，可是这个近乎执拗的语句？

爱山，爱水。爱花，爱树。爱虫，爱鸟。我们的古人是多么善爱啊！早年无知，曾跟一位画家抱怨："古人作画的题材太雷同了，除了山水就是花鸟，还会画点别的不？"他一笑："山水花鸟里有爱，有志，有哲学。"当我能够从水墨丹青中读到"爱、志、哲学"，我着实为当年的自己脸红。——用敷衍潦草的"爱"去解读古人深微蕴藉的"愛"，注定徒留笑柄。我曾看到一个学生的一幅书法作品，写的是张养浩的一个名句："我爱山无价"，居然是用简体字写的。我想，如果张养浩见了，一定免不了要摇头叹息的吧？"心"被剜走，"爱"就残了。

"亲"。这个称呼是被在互联网上兜售商品的人叫红的。这样的"亲"，不必见也不能见。你从手机短信或邮件里收到的那个"亲"，未必有多亲，它约略等于一个"哎"。

你一定见过电视上的"速成爱情"。待售商品般被展览着的，是供人挑选的"爱人"。一眨眼的工夫，一对人儿就给撮合到了一起。那"月上柳梢头，人约黄昏后"的爱情，在这些迷恋强光灯下择偶的"潮人"面前显得太"out"了！——这样的"爱"，无"心"也罢。

——"親愛"。你还会写这两个繁体字吗？你能接到它们身上那传递了数千载都难以被时光阻断的信息吗？让你的灵魂安静下来，让你的心眸慢慢张开，检索一下自己的"親"，盘点一下自己的"愛"。就算你多么熟稔地书写着"亲爱"，也一定要在心之一隅珍存着"親愛"。

| 怀表

我幼年时曾一度随大舅在湛江生活。

初到湛江，有人指着我问大舅："这是谁呀？"大舅乐呵呵答："女儿啊。"

清楚地记得，大舅家客厅最显眼处，挂了他的大照片。大舅母不断指着照片告诉我说："帅。"

差不多，那就是我最早认识的"帅"了。

大舅名叫张桐林，他和我大舅母李淑晶，是在抗美援朝战场上相识并相爱的。

大舅几乎不会发脾气。大舅喜欢包极小的饺子。大舅会挑剔我做的女红。大舅希望我长大了当医生（大舅母就是一名军医）。

看着大舅绵软的性子，很难将他跟那场酷烈的战争联系在一起。所以我总缠着他问：你真的打过仗吗？

直到那个物证——怀表站出来说话。

那是一块"洋表"（我至今不知道它是什么牌子），是上级首长作为奖品颁发给他的战利品。后来，他揣着这块怀表上了战场，一颗子弹打来，刚好打在表壳上，他捡了一条命，但那怀表从此就停走了。

大舅把这块救命的怀表托付给了他的妹妹、我的母亲保管。

我是在读高中时回到母亲身边的。每逢母亲打开她的宝贝小竹箱，我一定凑过去贪馋地看——母亲把那块怀表同户口本、我的胎发、她的贝壳项链等贵重物品都锁在那个小竹箱里。

多少次，母亲拿起那块怀表，不厌其烦地向我展示表壳上面那个靠近边缘的、发黑的凹坑；而我最感兴趣的却是怀表上银链子牵着的一个银鼠吊坠，那只银鼠，有着长过身子的直溜溜的尾巴，摸上去，手感好极了。

后来，当我在书中读到抗日勇士王建堂、谭道深等因口袋里装的银元挡了子弹而逃过劫难时，我都会想起大舅和他的怀表。

那一年，一个在北京工作的堂叔来到我家，听说母亲手里有一块"洋表"，大感兴趣！母亲于是打开竹箱拿出宝贝给他瞧。堂叔边看边摇头说：这不值钱！表壳上这是看得见的伤，里面的零件也有看不见的伤，修都不值得修；再说，表壳也不像是纯银的……要说值钱的，也就是这根银链子和这个银老鼠了吧。

再后来，我外出求学、工作，自然疏离了母亲的小竹箱。

母亲失智后，我为她收拾衣物，突然想起了那块怀表。我问母亲：我大舅给你的怀表呢？母亲一脸茫然：你大舅啥时候给过我怀表呀？

我于是问弟弟。弟弟说：那块怀表扔哪儿去了我也不知道，那玩意儿不值钱！从咱大舅把它给了咱妈的那一天起，它就没走过。倒是那个银链子和那个银老鼠还不错，我拿它打了个银戒指——看，这不是吗。

弟弟说着把手伸给我。我看到他的无名指上戴着一个粗陋不堪的银戒指。

我说不出话……

大舅已去世多年了，大舅母也于六年前追随大舅而去，那块揣着精彩故事却屡屡被人误读的怀表也已不知所终，唯一留下的，是被"值钱"标注了的一点点银子。唉，我这个废物"女儿"，非但没有做成大舅希望我做的医生，竟连大舅最珍贵的"人间信物"都没守住。"买椟弃珠"的伤痛，让我不择对象地跟不下十个人絮叨过这故事，看《长津湖》的时候，又借着剧情大哭了一场……岁月荒寒，山水瑟缩，我帅帅的大舅，你在那边还好吗？

二舅

一直以来，我总是相信，我今天的生活是昨天一双神奇的手设定好了的，我要怎样走人生的路，那手早就指给我看了。至于那是谁的手？怎样的手？我也曾试着作答，那或许是时代的手，是际遇的手，是内心深处那个不屈自我的奋争的手，是因痴爱天空就忍不住去触摸水中云朵倒影的多情的手……但是，在这些手之外，我以为我必须提到一双手，这双手引领了我，指点了我，让我从心里生出向往，并且不停地朝着那个花团锦簇的向往进发，劳顿不觉苦，垂泪犹觉甜。

——那是二舅的手。

我的二舅生得很文弱。我见过他早年的照片，在天安门前，戴着金丝眼镜，矜持地笑。每当我和他的女儿肖一起看这张照片的时候，肖总要啧啧赞叹一番，说："你看我爹多像个北大的学生！气质怎么这么好啊！"我也附和着说："真棒！确实像个大学生。"我的二舅妈听我这样讲，心里一定很受用，可嘴上却说："还大学生呢，大字都识不了几个！唉，还不是因为你姥姥家穷啊！要是能进得起学堂，你二舅可是个念书的好料。"

我的二舅几乎是个文盲，但是，他的谋生手段却是说书。二舅脾气很怪，始终坚持不在本村说书。我猜想可能他觉得本乡人太知情，少了神秘感，因而难出效果吧。一年四季，总有本县或外县的人来请他说书。那时我正在姥姥家读小学。记得那一年，西旺村来请二舅说书了，点的是二舅最拿手的《三侠五义》。我和肖一合计，决定瞒着家里人去西旺村听二舅说书。西旺村离姥姥的村子有 5 华里的路，因为说书的时间是每天晚上，我和肖心里难免有些害怕。我们互相打气，战战兢兢地出了村口。一出村口，我俩就笑了，原来，姥姥村有很多男男女女也都正赶往西旺村去听二舅说书。我第一次听到"狸猫换太子"的故事，就是从我的二舅那里。那之后我又不止一次地接触过这个故事，但是，最鲜明、最生动的版本却是二舅的版本。那个叫寇珠的丫头，梳着怎样的抓髻，穿着怎样的缎鞋，挎着怎样的篮子，走在怎样的河边，想着怎样的心思……所有这些，经由二舅的嘴说出来，就仿佛到了你的跟前。舞台是简陋的，灯光是昏黄的，但是，听众是狂热的。场间休息的时候，二舅退到后台旁侧去喝水，一些人（大概相当于我们今天的"fans"吧）喊着二舅的名字拥上去，要和他"拉呱"两句，以满足自己强烈的内心需求，同时捞取向乡邻炫耀的资本。我的表妹肖坏坏地笑着说："嘻嘻，我终于知道我娘是怎么被我爹迷倒的了。"——这是我早就听说过的，当年，有个痴女子绕世界追着我的二舅听书，直到如愿以偿地做了我的二舅妈。

我曾疑惑地问过二舅妈："我二舅不识字，那他是怎么知道那些书上的故事的？"二舅妈说："你二舅心儿灵啊！他十几岁的时候，跟一个叫小田的人一起干活，小田识字，能看书，你二舅就让人家念书给他听。不用多，只一遍，你二舅就把那书上讲的事儿刻脑子里了。等他说书的时候你再去听吧——啧啧，比那书上写的还要好呢！"

二舅第一次夸我，是我的作文被当作范文在班上朗读之后。二舅说："这孩子，真有出息！好好写吧，等你写成了书，二舅就改说你写的书了！"

填报大学志愿的时候，我在所有专业栏里都填写了"文学"。

我的大一还没有读完，二舅就去世了。二舅去世之后，二舅妈翻来覆去地听二舅生前录制的一盒说书磁带，听着听着就哭成了泪人儿。终于有一天，肖流着泪悄悄抹掉了那盘带子……

可是，二舅的声音又怎能轻易从人的心里抹掉呢？

直到今天，每当看到电视上有人说书，我便不再转换频道。我用挑剔的眼光看着屏幕上的人的一招一式，一颦一笑，在心里暗暗和我的二舅做着对比。在我看来，我的二舅有太多太多的理由把他们比下去。"说书"这个词，在我的词典里是二舅所专有的。

如果可能，我多么愿意告诉我的二舅，那个当年被你夸过"真有出息"的孩子一直竭尽全力地做事，为的是不让你的这句话成空。因为领略过你在舞台上倾倒众生的风采，她站在讲台上时便会不自觉地从你那里借力，她激情地讲解古典文学，讲解人物形象，她的课在国家级大赛中获得了一等奖；因为你曾允诺要说她写的书，她便不停地写啊写，尽管她知道她所写的书已无缘让你去说，但她常常在心里模拟着你的语调去演说那些故事，经过不懈的耕耘，她已出了 8 本书，并且，她还在努力地写着第 9 本书。她从不允许自己懈怠，她告诉自己，要把每一个平凡的日子都打磨出光亮来。她觉得自己很幸运，当她在天空下茫然四顾的时候，你把她带到了文学那多彩的世界，从此，她学会了注目，学会了欣赏，学会了让心在美好的事物面前驻足。她终于明白了，你的"好气质"源于你精神世界的丰美，因为怀里揣着一个春天，你的世界便四季都不乏花朵。她梦想着因袭你的"好气质"，梦想着每天开出一朵自己的花来，答谢生命。

二舅，愿你看到那花——那被你的灵性浇灌过的花。

掏空

母亲八十大寿，我和妹妹相约回深泽老家去为她老人家祝寿。

妹妹刚从海南回来。一见面，就甜腻腻地笑着对我说："姐，看我给你带啥回来了？——给！"

我一看，心一颤，却假装不在意地说："带这个干吗？我正闹牙疼呢，不敢吃。"

她也不管我敢吃不敢吃，只管一股脑地往我手里塞。一个，两个，三个……

她塞给我的，是番石榴。

我童年时曾在湛江跟着大舅生活，离开后，常常莫名怀念番石榴那别样的滋味。

那一年，在南海舰队工作的三舅回家来探亲，给我背回来几个番石榴。他边往我手里塞，边不解地问："怎么就喜欢吃这个？"

弟弟抢过一个，咬一口，立刻吐了出来，夸张地大叫着："哎呀，一股臭蒿子味儿！还有，这籽儿跟这肉儿，糊里糊涂搅在一起，吐吐不出来、咽咽不下去！呸呸！世界上怎么会有这么难吃的水果呀？"

三舅大笑着，冲弟弟说："你说怪不？就有人待见这股臭蒿子味儿！"

我在他们的嘲笑中自顾自地吃着我的"臭蒿子"味儿的番石榴，美美地解着我"舌尖上的乡愁"。

后来有了网购，我买起番石榴来就方便多了。可三舅每次回家依然会给我带。我说："别带了舅，挺沉的。我可以在淘宝上买。"三舅不以为然地说："淘宝上可不能一个一个地挑啊！——你看这番石榴，个儿多大！熟得多好！"

三舅几乎每年都要回到我母亲身边住上一阵子。快嘴的邻居曾问我弟媳妇："你们这个三舅怎么总住姐姐家呀？一住就是几个月、小半年的。真稀罕，真没见过这样的弟弟！"我弟媳说："我们三妗子走得早，三舅的两个闺女都上班，忙。三舅不喜欢清静，愿意跟家里人在一堆儿热闹着。"

俺娘和俺舅，人家姐弟俩，那是真亲呀！两人坐在一起就开始你一言我一语地漫聊小时候的乐子事儿——虽说他们小时候日子过得特别苦。看着两个白发苍苍的老人聊得那么欢，我常暗自激励自己：我和我弟弟，也要有这样的晚年哦！

三舅和弟弟既像父子又像兄弟。两人都贪杯，默契地为对方打掩护。只要我母亲一冲她弟弟怒吼，我弟弟立刻说"他喝的是水！"只要我弟媳妇一冲我弟弟怒吼，我三舅立刻说"他喝的不是酒！"——我都看穿他们了，但我不吭声，笑嘻嘻坐在一边吃番石榴。

2017 年 11 月，三舅做了个腹腔手术。手术很成功，我和弟弟都庆幸不已。可突然有一天，表妹打来电话，说三舅出现了手术并发症，情况非常不妙！

我和弟弟、弟媳连忙分头飞往湛江。

在 ICU，我们见到插了满身管子的三舅。

弟弟叫了一声"三舅"，眼泪唰地就下来了。我在旁边已是泣不成声。

我攥着三舅浮肿的手，跟他说："舅，你看你多不够意思，人家这么大老远来了，你怎么也得给人家买几个番石榴吧？快好起来呀舅！我要吃你为我挑的番石榴！"

昏迷中的三舅分明听懂了我的话，拼命攥着我的手。因为攥得太紧，我无名指上戴的戒指硌得中指和小指生疼。我知道三舅在说：

我多想亲自去给我的外甥女挑个儿大、熟透的番石榴啊！

我们终是没能留住三舅。他去与我三舅母团圆了……

趁着妹妹出门的当儿，我咬了一口番石榴。"怎么就喜欢吃这个？"三舅的声音真真切切地传来。我的眼泪扑簌簌掉在了番石榴上。

头一遭，我感到番石榴并不那么好吃。不是番石榴的问题，是我的问题；不是我的牙的问题，是我的心的问题。我童年吃的番石榴，是大舅的番石榴，后来吃的番石榴，是三舅的番石榴。一个在姥姥家长大的孩子，一个把舅舅们当成父亲的孩子，她吃的番石榴上，覆满了微妙难言的丰饶故事。而当故事里的人渐次走远，当盛着生动心跳的胸腔被掏空，当番石榴仅仅作为一种水果被捧起，它便不可阻挡地流失了先前的佳妙滋味……

"给你三舅打个电话吧！今天就缺他了。"戴着生日皇冠的母亲对我说。——她至今不知道她亲爱的三弟已远去，再不可能回来陪她一住小半年。

大香奶奶

一直想写写大香奶奶，又一直担心这支拙笔写不好她。

大香奶奶家跟我家隔着三户人家。她名叫大香，却生得又瘦又小，还有点佝偻；因为有头疼的毛病，一年四季都戴着帽子。他男人靠一样家传的手艺吃饭——炒花生。

有一回，母亲去大香奶奶家借筛子，心眼贼多的妹妹假装去找妈妈，也去了大香奶奶家，结果，赚回来两口袋热乎的炒花生。那年她大概五六岁吧，穿着我穿剩下的一件旧花褂子，美不唧唧着两个鼓鼓的口袋在屋子中间转磨磨，我和弟弟互递一个眼色，扑上去就开抢她的花生，她夸张地尖着嗓子大哭，引来了母亲。母亲骂了我和弟弟一通，责令我俩把花生还给了妹妹。但妹妹不干，硬说少了，尖着嗓子大哭不止。母亲没办法，只好给了妹妹两毛钱，让她自己去大香奶奶家再买些花生。

第二天一早，父亲打扫院子，竟在东墙根捡到了一样东西——

紫花手绢包着的炒花生！甭问，是大香奶奶扔过来的。

母亲给我们分了花生，洗干净了手绢，又摘了一些半青半红的大枣，亲自送到大香奶奶家。

想不到，自那以后，扔"花生包"的节目竟频繁在我家上演，搞得我都戒掉了早起赖床的毛病，天天巴望着第一个冲到院子里，捡回一包热乎的炒花生——你不知道，在下了一层薄雪的院子里，欢天喜地捡起熟悉的紫花手绢妥妥地包着的热乎花生，是一件多么幸福的事！

大香奶奶多么敬重做小学教师的母亲啊！作为长辈的她，从来不直呼母亲的名字，只叫她"张老师"。大香奶奶的一个孙子、两个孙女，都是让母亲给起的名字。母亲跟大香奶奶说："别总给孩子们送花生了，惯坏了他们！"大香奶奶说："你家日子过得紧巴，少不了亏欠孩子的嘴，我拿不出山珍海味，几粒花生让孩子们解解馋吧。"

我大二寒假回家，妹妹红着眼圈地告诉我说："姐，大香奶奶没了。"我心里咯噔一下："她也就七十多岁吧？"妹妹说："才六十九岁……姐，再也不会有人给咱们扔花生包了！大香奶奶到死都惦记着咱家呢……"妹妹说着流下泪来。

母亲和妹妹争着跟我说起了大香奶奶的事。

大香奶奶病倒后，母亲去看她，听她儿媳妇说她想吃苦瓜，但已经是深秋了，苦瓜不好找。母亲问自己班的学生，谁家种过苦瓜？谁家储着苦瓜？自己班的学生家没有，就又去别的班问，一连问了好几个年级，终于有个三年级的小女孩从她奶奶家里找来了两条苦瓜。

大香奶奶是在吃到苦瓜的当天夜里闭上眼睛的。

大香奶奶后事办完后的第二天，她的儿子、儿媳一起扛着面袋子来到我家，一见到我父母就双双跪下了。我父母惊吓坏了，赶忙扶两个人起来。大香奶奶的儿子对我父母说："哥，嫂子，我娘咽气前，我问她还有啥要嘱咐我的，她说，儿啊，我跟张老师家借过三十斤小米、三十斤白面，你记着替我还了。——哥，嫂子，啥也别说了，你们就成全了我的孝心吧……"

我母亲哭着说："我的老婶子呀，你叫我怎么咽得下这三十斤小米、三十斤白面呀！你心里装的都是别人的苦，临走想吃样东西，还是苦瓜，你把苦都替别人吃了，你不怕苦坏了你自己呀？我的老婶子呀，我咽不下这三十斤小米、三十斤白面呀……"

我也哭了。妹妹哽咽着说："大香奶奶的儿子又不傻，他肯定知道，他家日子那么好过，不可能向咱家借粮食啊！他知道他娘是想偷偷接济咱家，所以，他反复说'你们就成全了我的孝心吧'！

他心里明镜似的。姐，我现在出门，总绕着大香奶奶家走，只要一过她家大门，我的眼泪就止不住……"

多少年后，我和妹妹都工作了、赚钱了，每次回家，我俩都不约而同去大香奶奶家买花生。她儿子问我们："买这么多，怎么吃啊？"我俩笑笑说："放心吧，一粒也剩不下！"

每当把花生分给同事、朋友，我都会忆起那一方紫花手绢，它那么小，却能包天裹地、布霓散霞。作为一个曾经受惠于它的人，我问自己，我该怎样行走人间，方不负它慨然的恩宠……

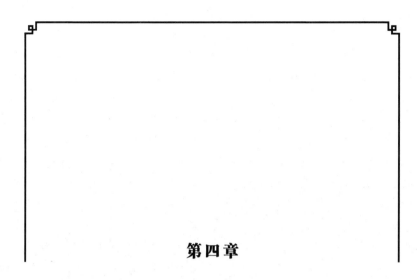

第四章

你的名字里藏着一个海

| 一千次高考

一大早儿，我刚打开手机，就有电话打了进来。

是米粒，我学校的"前学生家长"。

问她什么事，她说："真不好意思，这么早打扰你……我就是想问一下，今年秋季开学，你们学校招复读生吗？"

我说我学校面积太小，招复读生的可能性不大。

米粒长叹一声，说："愁死我了……"

我问她："谁要复读？"

她说："我儿子呗！他今年高考没考好，想要再复读一年。"

我听后万分惊讶，不知该如何安慰她，只好说："我的意见是，能走就走。实在走不了，那我就设法帮孩子找别的学校去复读……"

三年前，米粒的儿子考上了我们学校。但是，她通过我们共同的朋友来找我。

朋友说："米粒想让孩子去更好的学校读高中，所以，她花高价在 W 中办了借读。唉！咋劝都不听……"

我说："我理解，人往高处走嘛。那就办手续吧！"

米粒说："可是，我还为儿子买了某市户口，我想让他去那里参加高考。"

我说："我理解。水往低处流嘛。你们是典型的'该在哪儿读不在哪儿读，该在哪儿考不在哪儿考'啊！去'教育高地'读书，去'高考洼地'高考，真是用心良苦啊！"

后来，米粒就和我成了微信好友。她经常在朋友圈里晒他儿子如何优秀、如何懂事，给人的感觉是，他儿子上个 985、211，不过是探囊取物的事；今年高考送考，米粒应景地穿上了旗袍。当看到她发到朋友圈的旗袍美照时，我还在下面留言逗她："嘿！再加一枝向日葵，齐活儿！"

就是这个为儿子算计到了头发梢儿的米粒，万般无奈地被摆在了孩子高考失利的残酷现实面前。讲真，我在劝她"能走就走"之后，本想把昨天刚跟一个亲戚说的话再重复一遍，但，面对这个具备"本能地排斥他人意见"专长的米粒，我只好明智地缄口。

昨天，亲戚打来电话说，孩子估分不太理想，可能上不了理想的大学……

我说，干吗把上个啥样儿的大学看得那么重？告诉孩子，只要能保持"与对手拼人生最终得分"的心劲儿，失利，就永远是别人的事。

要知道，人生有一千次高考啊——上了大学，每次科目考试不都是"高考"？大学毕业后，考研、考博不也是"高考"？走向职场后，每一个任务的完成，不全是"高考"？单说我单位，哪一回考核、评职、评优、晋升，不都是业绩直接站出来说话？百分百的"英雄不问出处、英雄不问来路"啊！

俗话说，"年节好过，日子难熬"。高度相似的日子，波澜不惊的日子，诗意全无的日子，激情蒸发的日子，出褶起皱的日子，打洞穿孔的日子，灰败不堪的日子……就是在这些被华美的"年节"反衬得让人闷倦欲死的日子的狂沙里，有人被生生"活埋"，有人却淘到了真金！

那些把高考看得过重的人，无非就是指望着毕其功于一役：一次速决战，一生"葛优瘫"！这种功利的、投机的、侥幸的心态，才是生命的毒素……

海明威说：懦夫一生要死数次，勇士一生只死一次。我把这个句子仿写为：懦夫一生只迎战一次高考，勇士一生却要迎战一千次"高考"。

让生命在每一刻都说出得体的话

很好的秋日阳光，空气中弥散着迟开花朵的芬芳。我站在一个儿童摄影棚前等人。突然，一个小女孩把童车骑到了我跟前，险些撞到我。我赶忙躲她，不想她竟追过来。我只好无奈地冲她笑了。她也冲我笑——一个仙子般的小姑娘。"阿姨，"她指着儿童摄影棚外墙上足有两米高的巨幅照片对我说，"这是我。"我这才注意到，原来，这骑童车的女孩竟是那巨幅广告上的小模特！我看看照片，再看看身边的女孩，不住地夸说"漂亮"。女孩得意得不得了，头摇尾巴晃的，像条欢快的小狗。

不由想起了发生在南怀瑾大师身上的一件事。有一回，南怀瑾乘火车从台北去台南，身边坐了一个年轻人，捧着一本书入神地看。南怀瑾瞟了一眼他手里的书，随口问了句："有那么好看吗？"年轻人做出了肯定的回答，并说自己一直十分喜欢读这位作家的作品。南怀瑾说："哦。那我回头也买一本来看看。"——那本书的作者正是南怀瑾。

我喜欢女孩不依不饶追着我这个陌生的"阿姨"，邀宠般地告诉我说那墙上的照片就是她，她说破，是因为她透明；我也喜欢南怀瑾不曾道出自己就是那本"好看"的书的作者，他缄口，是因为他蕴藉。

我不能接受女孩抛却一派天真，扮演大师的深沉；也不能接受大师抛却沉静内敛，扮演女孩的单纯。

我愿意拟想，大师也曾拥有无饰无邪的童年，愿意将自己的美事、乐事、幸事张扬天下，不惧人讥，不怕人妒。就像花不会藏掖自己的芬芳，透明的心也不会藏掖自己的景致。那么没道理，那么没章法，反正就是让童车冲到你脚下，纠缠着你，迫着你唱赞美诗。这让你很便捷地就怀了一回旧，你生了锈的感觉在一颗开花的童心面前一下子生动起来，摇曳起来。

我更愿意拟想，女孩将一步一步修行，直到学会对着岁月深处那个急煎煎向路人跋扈地炫耀自我的女童发出不屑的哂笑。南怀瑾大师特别看重生命的"庄严感"，庄严的生命必是摒弃浮华、拂去尘屑的。一个拥有了美好的"精神目标"的人，断不会热衷于在生活的大海中钓取廉价的恭维与褒扬；只有虚妄的心，才会那么黏，总是试图粘住更多激赏的目光。

行走世间，我多么希望自己有一双善于撷取的手。撷取了天真，就在这一刻欢悦吧；撷取了内敛，就在这一刻凝思吧。而在这两个故事的连接处，我愿意试着绣上自己细密的心思——告诉自己，或许，这一边，正是我渐去渐远的昨日，那一边，恰是我愈行愈近的明朝。揽万物以为镜，窥见自我一息一变的心颜。不是所有的"可爱"都适宜窖藏，此时的口无遮拦，彼时可能就变成了庸俗轻浅。风度，往往与一个人自知度呈"正相关"。对一个个体生命而言，没有恒久不变的"一派天真"，也没有与生俱来的"沉静内敛"。自觉修行的生命，会在每一刻都说出得体的语言，不造作，不夸饰，不张扬，在熨帖中开出最美的花朵。

| 惊喜力

这个词是我"自造"的——惊喜力。

我以为，"惊喜"确乎是一种能力，一种值得夸耀的能力。

我学校有一句人人皆知的口号："让生命的相遇充满惊喜。"惊喜，是一种喜出望外的欢悦——感谢相遇，感谢上天安排你我走进对方的生命里。网友说，人生不过四亿次眨眼，在这匆遽的一生当中，有缘的人来到同一所校园，在同一个屋檐下厮守数年，每天彼此相守的时间，远远超过了与最亲密的人相守的时间，这是几世修来的缘分！

仿佛一夜之间，纳兰容若的一句诗就火遍了全国——"人生若只如初见"。我的学生在适宜的地方引用它，在不适宜的地方也引用它。他们未必知晓这诗句后面的"等闲变却故人心"的苍凉悲吟，只管在惊鸿一瞥、电光石火的定格中忘情啜饮"初见"的琼浆……

一见倾情的"惊喜力"，好比露水，往往禁不起朝阳的热吻。

想那散文家苇岸，在 1998 年突然动了一个奇怪的心思——为古老的二十四节气造像！他在自己居所附近的田野上选择一个固定点，在每一个节气日的上午九点钟，观察，拍照，记录，最后形成一段文字。他在《惊蛰》中写道："'惊蛰'，两个汉字并列一起，即神奇地构成了生动的画面和无穷的故事。你可以遐想：在远方一声初始的雷鸣中，万千沉睡的幽暗生灵被唤醒了，它们睁开惺忪的双眼，不约而同，向圣贤一样的太阳敞开了各自的门户……"在苇岸眼中，世界，永远是刚刚"启封"的样子，人间纵然经历了千万次"惊蛰"，他依然雀跃地将眼前的这个"惊蛰"视为鲜媚无比的新娘。

——惊于惊蛰，蛰雷未曾在天空炸响，已然在心空炸响。这等惊喜力，委实令人叹服。

看过一个视频，拍的是宝宝初次冲进雨中的情景。她惊讶，她欢喜，她旋转，她癫狂。她仰着小脸承接那雨丝，欢悦得如同一头撒欢儿的小兽。我想，当这个小生命长大，当她在凄风苦雨中独自擎伞赶路，那视频中的画面，还会在她脑海中浮现么？

当惊喜力被成熟的理性所睥睨，它便会羞赧地逃遁。

有人说："熟悉的地方没有风景"。熟悉的地方不是没有风景，而是眸子生了锈，不肯再将风景视为风景。入秋，我通过微信发了一组"秋林盛开"的红叶图，有个旅游成性的微友看了，惊呼道："周末你去北京香山了？"我回："没有。我去的地方，距贵府不足百米。"我能猜到他看到这条回复后的表情——惊中有疑，疑中有鄙。襟袖之间的风景，是打了折的风景。太容易亲近了，反丧失了亲近的欲望。

在我看来，越是肯对微不足道、司空见惯的事物奉献惊喜力，越有可能将自我修炼成一处绝佳的"精神风景"。

究竟谁能说得清楚，那个叫"磨损"的词，生着何等的利齿？它针尖挑土般，一点点偷走"初见"的惊喜，让鲜润的不再鲜润，让颓败的愈加颓败。与"磨损"进行的拉锯战，几乎要伴随我们整整一生。

我讲课时多次提到张中行先生的一件小事。张中行先生九十岁时，得到一块心爱的砚台，他长久地抚摩它，神情快乐得如同进入了天堂。当朋友来探望他，他会慷慨地将爱物示人，拿起人家的手，放到那砚台上，和人家一道抚摩。"你好好摸摸，手感多么滋润啊！"他这样说。——爱得动一方砚台的心，依然是一颗蓬勃的少年心。

爱着爱着就厌了，飞着飞着就倦了，这是多么雷同的生命体验。惊喜力就是赶来拯救厌倦的心灵的。初次淋雨的幼儿，初次相望的眼眸，这些"初次"当中有你吗？"初次"之后呢？惊蛰惊醒你了吗？红叶染红你了吗？有那么一个人，经了七十七回梅开，再看时，依然难掩初见般的惊喜，恨不得在每一树盛开的梅花底下都放置一个"我"，纵宠自己看个够、看个饱——"何方可化身千亿，一树梅前一放翁？"陆游七十八岁时那"满格"的惊喜力，你有吗？

┃ 识货

请允许我先回忆往事吧。

那时候我还是个十一二岁的小姑娘，跟着外祖父生活。

清楚地记得，外祖父家有一把在我看来旧气十足的太师椅，可外祖父每每指着它说，这把椅子怎生怎生了得。我以为，那不过是外祖父为了逗我这个外孙女开心在信口编故事。

有一天，家里来了一个远房亲戚。那个亲戚一进门，带钩的眼睛就死死钩住了那把太师椅！他毫不隐讳地说出了自己对占有那把椅子的渴望。外祖父笑笑说："你就是给座金山，俺也不卖！"那人认真地开了个价，在我看来，那简直就是一座金山的价了呀！但外祖父一口回绝。那人便又加了价，外祖父依然不松口。最后，那人只好悻悻地走了。

他走后，外祖父兴奋地对我说："这人识货！这人真识货！你知道他为什么这么识货吗？因为他是个木匠呀！"

当时我还不太明白这个故事蕴含的道理，我想不通，为什么木匠才会"真识货"呢？

后来，大概是我开始了写作之后，我才慢慢明白了，木匠识货，那是因为，他天天跟木头、凿子、锤子打交道，他掂量得出一件木匠活的价值，他眼里有靠谱的价签呀！

这多像写作。

只有天天摩挲汉字的人，才能看出他人文字的好歹，才能"真识货"，那是因为，他为"吟安一个字"愁过、闷过、笑过、醉过，所以他才最能体察别人运笔之妙。

在我看来，欣赏的门槛，比批评的门槛要高出许多。就像那把椅子，木匠说得出它的妙处，而一个十一二岁的小女孩却嫌它不够鲜亮。

我遗憾地看到，我的一些教作文的同行，连"的地得"都区分不清，却毫不脸红地评说别人文字的短长，全然不知他正在进行着一场可怕的冒险。

我在为语文教师做培训时，会将语文教师写作能力与鉴赏能力分为三类：手低眼低者，手低眼高者，手高眼高者。

有人可能会问：手高眼低者哪里去了？

我的经验告诉我，手高眼低的人是不存在的。换句话说，一个人的写作能力高了，其鉴赏能力肯定低不了！

在"手眼"关系这件事上，往往是，手能带动眼，眼难带动手。所以，在"手低眼高"这类人当中，只要"手低"成了定论，"眼高"往往就有水分可挤了。

我看过一些文章写得臭气熏天的人，却肥着胆儿对别人的文字指手画脚，他根本不晓得，挑剔的过程，恰是露怯的过程。

你若想让自己眼里能出"靠谱的价签"，就得像那个木匠一样拥有珍贵的"实操"经验，否则，你沦为一个"手低眼低者"将不费吹灰之力。

| 最高礼遇

朋友们坐在一起神聊，不知怎么就把话题扯到了自己所接受过的最高礼遇上。一个说，某市长给他夹过菜；另一个说，某副省长请她跳过舞。轮到做记者的孟芝，孟芝甩甩她清汤挂面式的直发，淡淡地说：我所接受过的最高礼遇，说出来也许有人不爱听；但既然是"命题作文"，我也只好扣着题目规规矩矩讲述啦。

那一年初春，我奉命到一座大山上采访一群雷达兵。车开到山脚下，我和司机老于背着芹菜黄瓜西红柿之类据说是极受战士们欢迎的礼物开始爬那座高入云端的大山。山路难走，我累得气喘吁吁，爬一段就停下来灌一阵子矿泉水。老于逗我说：孟芝，少喝点水，山上可没有女厕所哟！

终于狼狈不堪地登上了顶峰。12个战士挥动着鲜艳的彩带，高喊着"欢迎欢迎热烈欢迎"的口号列队迎接我们。这始料未及的隆重场面惹得我激动万分，我握着那些可爱的战士们的手一时竟不知说什么好。这时候，老于捅了我一下，指着营房的方向让我看——

上帝！那里竟赫然张贴着一条标语：热烈欢迎孟芝同志光临指导！

开始用餐了。战士们都不约而同地让自己的筷子避开那些难得一见的新鲜蔬菜而抢着去夹兔肉（他们养着几百只兔子）。班长告诉我们说，大雪封山的时候，他们上顿下顿全吃兔肉，直吃得战士们看见了活兔子都想吐。

那天采访到的故事感动得我泣下沾襟。不瞒各位说，后来正是那一篇《山登绝顶我为峰》的通讯让我这个小女子在新闻界一举成名。

采访结束后，一个小战士冷不丁问我道：你去1号吗？另一个眉清目秀的战士怨责地拽了一下那小战士的衣角，恭敬地问我道：你需要去洗手间吗？我的脸腾地涨红了，一下子想起了老于逗我的话。我支吾着。极想说"需要"，但又不知在这地道的"雄性"世界里究竟有没有供自己"洗手"的地方。眉清目秀的战士似乎看透了我的心思，热情地指给了我洗手间的所在。

我走到一个岔路口，不知该朝哪个方向迈步了，一抬眼，竟看到一个崭新的指路牌！牌子上画着一个醒目的大箭头，箭头下用漂亮的楷书写着：女厕所。大概经过了二三个这样的牌子，我顺利来到自己的目的地。

说出来你们也许不相信，那居然是一个特意为我这个女记者搭建的"洗手间"！虽说不过是供"一次性"使用的，但它的选址是那样的安全，建造又是那样的讲究——粗细均匀的圆木围成一个玲珑的圈儿，小小的门正对着一面光滑的石壁。一想到有 12 双手曾经为了让我更方便一些而在这里庄严地劳动，我就幸福得直想哭，终于明白了那一句"你去 1 号吗"的突兀问话里包含了多少焦急的期待和莫名的忐忑——我们可爱的战士，他们拿心铺成了路，还生怕你走上去硌了脚呀！长这么大，我孟芝心安理得地用过多少豪华的洗手间呵，但唯有这一间让我的双脚在踏入时感到了微微的颤抖。

——真对不起，瞧我，把你们大家都讲得难过了。不过，说句真心话，自打在那座大山上接受了那最高礼遇之后，我生命的词典里就永远剔除了一个词——羡慕。

大家长时间沉默着。最后，一位最受人尊重的先生真诚地握住孟芝的手说：谢谢，谢谢你。你的故事让我们的灵魂接受了一次最高礼遇。我敢说，从今而后，我们大家生命的词典里都将补充进一个可贵的词儿——羡慕。

你的名字里藏着一个海

2008年春天，有人跟我说："你学校为什么不申办一个'珍珠班'呢？"我一愣："'珍珠班'？什么叫'珍珠班'？"后来，我知道了"珍珠班"是台湾素有"王圣人"之称的王建煊先生创办的一个教育慈善项目，资助那些"成绩特优、家庭特困"的学生完成高中学业。之所以叫"珍珠班"，是因为王建煊先生认为那些因家庭贫困而濒临辍学的优秀学生好比一颗颗大珍珠，有被丢进垃圾桶的危险，所以，他要"捡回珍珠"，而那些被"捡回"的"珍珠"们汇聚的地方就叫"珍珠班"。

我深深地爱上了这个又痛又美的名字。2008年秋，"珍珠班"在我校成功挂牌。我本人荣幸地拥有了一张"有爱走遍天下"（王建煊先生拟定的"珍珠班班训"）的美丽名片。

怀着"朝圣"的心，我走进了位于浙江平湖的"珍珠班大本营"，看到墙上挂着一幅中国地图，地图上按着一枚枚彩色图钉，有红色的，也有蓝色的，大部分图钉都集中在西部地区。我注意到了，唐山的位置按着一枚蓝色图钉，我知道，那代表我们学校的"珍珠班"。我问台湾来的义工刘黎理老师："蓝色代表'珍珠班'，那红色呢？"刘老师说："红色是'一个孩子一个蛋'项目哦。"——"一个孩子一个蛋"？刘老师看我一脸困惑，便告诉我说："那是面向贫困地区小学生的一个资助项目，每个不辍学的小孩，都能每天在学校分到一个煮熟的鸡蛋。有好多家庭的小孩就是因为舍不得这个鸡蛋，所以一直坚持读完了小学。"我看着地图上那一大片红色图钉，感慨道："这每天得吃进多少个鸡蛋呀？"刘老师笑笑说："几万个。"

2010 年，我终于有机会走进了台北王建煊先生的书房。亲耳听他讲："西北的小孩子们，脸孔红红的，追着我喊'鸡蛋爷爷'、'鸡蛋爷爷'。有个小孩乖巧地跟我说：'鸡蛋爷爷，昨天，我把领到的鸡蛋拿回家给奶奶吃了。'……"我流泪了。祖籍安徽的王建煊先生，自幼家境贫寒，兄弟三人，靠"鸡屁股银行"（家庭养鸡下蛋获得经济收入）完成了学业；今天，他在一枚枚鸡蛋上所倾注的深情，我懂。

后来，我知道了王建煊先生在缅甸实施的两个慈善项目，一个叫"一个孩子一碗粥"，一个叫"我爱你，我疼你"。前者是为学龄儿童捐助一碗热粥，后者是帮那些常年以脏水当饮用水的村庄打井。我同样喜欢这两个慈善项目的名字。一看到这名字，就让人有解囊的冲动。

再后来，我知道了王建煊先生在台湾创办的另一个慈善项目。因他与夫人苏法昭女士无儿无女，所以，他推己及人，想到了那些如他们一般无子女家庭的种种难处，他于是启动了"无子西瓜"（对无子女家庭的戏称）慈善项目，该项目除了对无子女老人实施经济援助、日常照料外，还负责为他们的重大手术签字。

…………

一个无儿无女的老人，膝下却这么多的"孩子"，且每一个"孩子"都有一个那么让人过耳不忘的名字——"珍珠班""一个孩子一个蛋""一个孩子一碗粥""我爱你，我疼你""无子西瓜"。我总是忍不住在心里问王建煊先生：先生究竟是动用了怎样的深情，才想出了这些又苦涩又甘洌、又苍凉又温煦的名字啊！这些名字里藏着一个海，浩瀚、蔚蓝、伟力永远是它的主调。

面对大海，请允许我脱帽敬礼。

捐赠天堂

单位号召大家为灾区捐物，同事们纷纷拿来了衣服鞋帽日常用品等物。同事李子拎来了一个特大的包，里面除了四季衣物之外还有一对母子毛毛熊以及几条漂亮的发带。李子解释说："这些小玩意儿全都是我那宝贝闺女给塞进来的。昨天我下班回家，说咱们单位让给灾区捐物呢。我闺女不明白捐物是怎么回事，非要我给她讲讲不可。哎呀，这一讲可不要紧，那小公主竟然抹起眼泪来。她跟我说：'爸爸，那些灾区的小朋友连衣服都穿不上，肯定没有毛毛熊也没有发带，求求你把这些东西送给他们吧。'"李子把那只熊妈妈翻过来，只见它的肚皮上贴着一小块橡皮膏，上面歪歪扭扭地写着四个字：祝你快乐。

"好一个爱煞人的小天使！"我在心里这样说，眼睛有些泛潮。我很自然地联想到了至今还珍存在我家匣子里的那两张剪纸。

那是两张"四不像"剪纸，刀法笨拙粗陋。我甚至敢说，它们是我所见过的最糟糕的剪纸。老徐第一次朝我炫耀它的时候，我大笑着对他说："不是跟你吹牛，本姑娘闭着眼睛都能剪得比这好10倍。"徐一脸肃穆，他说："如果你知道了关于它的故事，你就再也不会嘲笑它了。"

老徐是唐山人，1976年唐山大地震时他还是个孩子。那7.8级的强烈地震无情地毁灭了他的家园，夺走了他的母亲……开学了，他便擦干血水与泪水去上学。在临时搭建的抗震棚里，老师把外地同学捐赠的书本发给大家。他分到的书很新，翻开看时，竟发现里面有两张剪纸！徐高兴得欢呼起来。这欢呼引来了全班同学，大家嫉妒地分享了他那份巨大的欢乐……

"要知道，"老徐动情地对我说，"在废墟掩埋了一切的背景下，这两张剪纸带给一个可怜孩子的可是一份奢侈至极的欢愉呀！我想，在这个世界上，大概只有孩子才最懂得孩子：他爱的，就相信小朋友一定也爱。他小心翼翼捧在手里的有可能只是几粒石子，甚至一块泥巴，但当他慷慨地把这作为礼物送给一个极想得到它的伙伴时，他们就共有了一个天堂——童趣永远是大人们无法涉足的一块福地。当你明白了10克拉的钻石比一只玻璃球值钱，那你已悲惨地长大，再也不可能拥有那种至纯至净至美至善的天使之心了。"

我听神话般地听着他的讲述，不知什么时候已把那两张曾给予他莫大欢乐与安慰的剪纸贴在了自己的胸前。我说："很可惜，我们不知道这剪纸出自哪个孩子的手。"

老徐轻叹道："我问过老师，老师只说那批书来自石家庄。"

我无声地淌下泪来，终于明白了老徐为什么对我这个石家庄籍的女孩一见倾心。我多希望自己就是这两张剪纸的赠送者，多希望童年时的一次真诚付出被人镂骨铭心地牢记着，逐渐增值成一笔千金不换的财富……

我不知道那毛毛熊和发带又将演绎出怎样一个美丽动人的故事，我只知道：一颗童心给另一颗童心捐赠了一个真正的天堂。

我的肝，你拿去用吧

隔着九载烟尘，我问候史铁生，问候他存留于这尘世间的"部分生命"——他的肝脏，他的角膜。

如果我能于万人丛中晤见那幸运的受捐者，我定会轻轻摇着他的手说："谢谢你让那个人依然活着！如果你肯赏脸，我们陪他一起去喝杯咖啡，好吗？"

他那么"贫寒"，我说的是健康。

"我的职业是生病，业余写一点东西。"他说。

生命，娇贵的生命，佳妙的生命，仙境般的生命啊！

甫一搭上"生命列车"，我们满眼美景，满心欣悦。我们几乎谁都难以逆料，有一部分"自己"会提前下车，就像太多人难以逆料有朝一日自己下车后，还能有一部分"自己"依然留下充当列车上的乘客。前者如史铁生的腿和他的肾，后者如史铁生的肝和他的眼。

我常想，人，究竟是怎样修炼来了一点点与自我身体告别的度量呢？这个过程，伴着血，伴着泪，伴着可诉人与不可诉人的悲怆苦痛。

"文章憎命达，魑魅喜人过"。因为不被上帝厚待，这个人，被缪斯深情地拥入了怀中。史铁生，是缪斯送给中国当代文坛的一个神妙童话。他飞翔，带动一架轮椅。

讲《我与地坛》的时候，趁着回身板书，偷拭了两滴清泪。我以为没人看到，可我的课代表悄悄递给了我一块纸巾……

我想到了他那句泣血的话语——生命中永远有一个"更"。

坐在轮椅上，怀念能跑能跳的好时光；
长了褥疮，怀念安稳地坐在轮椅上的好时光；
得了尿毒症，怀念生了褥疮但依然可以安坐在轮椅上的好时光；
每周三次透析，怀念生了褥疮、患了尿毒症、却依然可以清醒思考的好时光……

因为不断受锤，所以他对疼痛有着超乎寻常的感受。他推己及人，越发哀怜起那些正在受锤的无辜生命。

他生前多次向夫人陈希米表示，只要身上还有一件对他人有用的器官，在他离世后一定"无保留、无条件"地将它们捐赠给需要者。你瞧，史铁生多么善于"报复"——你投我一座冰川，我报你一轮朝日！

9 年前的今天，那个轮椅上的非凡生命慢慢停止了呼吸，表情安详得像个熟睡的婴孩。医护人员们庄严地走向他，在《安魂曲》中，向这个把后事安排得完美无憾的人三鞠躬。9 个小时后，史铁生的肝脏、角膜在两个幸运儿身上奏响生命华章！

——给，这是我的肝，请拿去用吧！

——给，这是我的眼，请拿去用吧！

史铁生说过："死是一个必然会降临的节日。"我曾万分纳罕：他缘何不说"日子"而说"节日"？直到那一天，我才彻底明白了这"节日"的确切含义——嗯，他真的把那个日子变成了受捐者的"生日"与"节日"啊！

《让"死"活下去》，这是陈希米的书的名字。生生往"死"里楔进去一个"活"，史铁生做到了。

他不"贫寒"，他很"丰裕"。

愿他捐出的肝，能分解你我生命的毒素。

愿他捐出的眼，能馈赠你我恒久的光明……

│ 这个星球有你

彭先生打来电话，邀我去西部教师培训会上讲座。尽管与彭先生仅有一面之交，但还是愉快地应允了。

撂了电话，翻一下工作安排，发现居然与一个会议撞车了。连忙打电话向操持会议的人请假。对方沉吟了片刻，半开玩笑地扔过来一句："去走穴？"问得人火往头上拱，又不便发作，陪着笑说："跟商业不沾边。组织者提供交通、食宿费用，不安排旅游。我的讲座是零报酬。"对方听了，用洞悉一切的口吻说："哦？零报酬？那不是他们太不仗义就是你太仗义了吧？——来这个会还是去那个会，你自己掂对吧。"

我好难"掂对"！

我跟自己说："何苦来？背着一口黑锅去搞什么鬼讲座！"可是，答应了的事又怎好反悔？我需要寻觅一个推掉讲座的充分理由。

我上网搜索彭先生的背景材料。

　　彭先生本是名牌大学的高才生，毕业后到天津市某家知名软件公司做软件企划。朝阳的年纪，做着一份朝阳的工作，惹来许多人艳羡。但是，突然有一天，他毅然决然地辞去工作，做了一名自愿"流放"西部的 IT 人。

　　促使彭先生下决心去西部的，是一对苦难的母女。

　　冬季的傍晚，彭先生从公司下班回家，发现车胎没气了，便把车推到一个修车摊去修理。三九天气，刀子风刮得人脸生疼。为他补胎的是一个进城打工的女人。女人身边，是她五六岁的女儿。小女孩渴了，一直缠着妈妈要水喝。但妈妈忙着锉胎、涂胶，腾不出手来给女儿弄水。小女孩见妈妈实在顾不上自己，便趴在试漏的水盆前，小声地问妈妈："妈妈，这盆里的水能喝吗？"没等妈妈回答，渴极了的小女孩居然把头伸向了那飘着浮冰的脏水盆……这一切发生得那么突然，彭先生的心被揪疼了。他赶忙跑到最近的一家商店，买了几瓶牛奶，以最快的速度跑回来交到小女孩手中……

　　第二天上班后，整个上午，彭先生全身都在发抖。他事后说："在离我们公司不到五百米远的地方，竟有如此苦难的事情发生！而我却坐在有空调、有暖气的办公室里……这件事是一个导火索，它把我几年来想好的事情一下子提前了；或者说，好比是一个朋友打来电话，让我赶紧去做更应该做的事。我再不能等下去了！"

他于是去了甘肃省那个叫黄羊川的地方。义务支教，分文不取。

当他坐在一户姓王人家的炕头，吃着读到四年级就因贫困而辍学的女孩烤的土豆时，他哭了。

当他在另一户人家，听到一个做了母亲的人说因为没念完书而一直后悔着、怨恨着时，他哭了。

通过努力，他让黄羊川的中学生每周吃上了一次肉。

通过努力，他让黄羊川连上了互联网并拥有了自己的网页。

因为看到了这样一个事实：越穷越不重视教育，越不重视教育越穷。他决心用教育拯救这片土地……

在他的影响下，他的一位在中央气象局工作的同学毅然辞职，来到黄羊川，做了一名长期固定教师。

…………

我原本寻觅疏离缘由的心，此刻却被亲近的热望塞得满满。在这些故事面前，一口"黑锅"显得多么微不足道！被误解的痛，幻化成一条细到可以忽略不计的蛛丝，随手抹掉或者交付风儿，都可以微笑着接受。

孙红雷有个广告说："我们都是有故事的人。"这句话多么适合彭先生！这年头，有故事的人很多；但是，彭先生的故事却堪称高品位。有故事的人没有四处张扬自己的故事，幸运地分享了这故事的人一直在心中说着那句古语："虽不能至，然心向往之。"我不知道那些津津乐道于"血酬定律"的人该如何从学术的角度解读彭先生的行为，我不知道哪个聪明人能有本事为彭先生的发抖和流泪标价。《博弈圣经》上说："生存的游戏就是利己主义和利他主义之间的博弈。"利己的人，喜欢用"本能"为自己开脱；利他的人，却不好意思用"本能"给自己贴金。"本能"，是生命所接受的教育总和在某个瞬间的大暴露。有的人，利己是本能；而有的人，利他是本能。这就可以解释为什么有人一听到"讲座"这个词，第一反应就是酬劳，而彭先生一看到别人受苦挣扎，拯救的欲望立刻就主宰他的生命了。

——我决意充当那个可有可无的会议的叛逃者。

——我决意把多年淘得的教育真金悉数献给西部。

——我决意将新出版的书赠予那些与我今生有约的西部同行。

我发给彭先生的短信是："这个星球有你，我多了一重微笑的理由。"

｜ 别丢了坎蒂德

儿子打来电话，没聊上几句，我就急着问他："坎蒂德怎么样了？他走了吗？"

儿子笑起来："妈，你怎么这么惦记他呀？我都嫉妒了！"

儿子在英国剑桥 CSR 公司工作。刚一上班的时候，他就告诉我说，与他对坐的是一个葡萄牙人，名叫坎蒂德。坎蒂德的工号是 12 号，年纪不大，尚未娶妻，却是这个公司地道的元老级人物了。公司排前 20 个工号的只剩了三个人，只有坎蒂德一直没有当官，不是因为他缺乏能力，而是因为他不感兴趣。

"他可牛了！"儿子说，"他是全公司员工在技术方面请教的中心，据说他的钱多到可以在伦敦买上几栋楼呢！"

就是这个"可牛了"的坎蒂德整天穿得叫花子似的，上下班骑一辆破自行车。

"他是刻意藏富吧？"我问。

儿子说："我看不像。他的兴趣不在吃穿用度上。"

——当官没兴趣，吃穿用度也不讲究，那这个坎蒂德"情感的出口"究竟在哪里呢？

儿子说，坎蒂德是个"超慈悲""超热爱大自然"的人。他去了一趟养鸡场，看到速成鸡被囚禁在不能转身的笼子里，参观者被告知不可大声讲话，否则这些心脏特别脆弱的鸡就会被当场吓死，回来后，坎蒂德就开始吃素了。他说，他好可怜那些鸡；他还说，他有时候会莫名思念那些鸡，很想去探视它们，却又没有勇气。

三个月前，坎蒂德利用休假回到葡萄牙，投注了一笔巨资。

儿子让我猜猜他买了什么。

我说："别墅？土地？度假村……"
儿子说："都不是。他买了一座森林。"

休假结束回到公司，坎蒂德每天惦念他的森林。他把森林的照片一张张翻给同事们看，像炫耀自己年轻貌美的未婚妻。

他告诉我儿子说，他准备辞职，回家去照顾他的森林。他在英国置办了高档的摄像机、照相机、放大镜、显微镜，说是回去后要好好观察研究森林里的各种植物与昆虫。

2008 年，剑桥大学在剑河畔为中国诗人徐志摩立了一块大理石诗碑，碑上刻着徐志摩《再别康桥》一诗中的四句话："轻轻的我走了／正如我轻轻的来／我挥一挥衣袖／不带走一片云彩。"碑上只刻了中文，并无英文译文。坎蒂德央我儿子为他翻译。我儿子不但为他翻译了那四句诗，还告诉他说，自己的父亲也是个诗人，并且也姓徐。坎蒂德听了，非常高兴。他说，他愿意随时恭候中国诗人的儿子游览葡萄牙，游览他美丽的森林。

坎蒂德是在 2011 年 12 月 2 日那天离开剑桥的。临走前，公司的同事们按惯例为他"凑份子"送行。一笔可观的英镑打到了一张卡上，送到了他的手中。他一拿到那张卡，立刻让我儿子和他一起在网上查找非洲一个救助饥饿儿童的网站，查到后将钱悉数捐了出去。坎蒂德举着那张分文不剩的空卡，开心地对我儿子说："这个，我要收藏的。"

——我多么愿意让儿子一辈子都与这样的人做同事啊！工作出色，内心澄澈，酷爱自然，悲天悯人，不为外物所役，不为虚名所累，有本事赚钱，更有本事把钱花在给生命带来无边欢悦的地方。

"永远不要丢了坎蒂德。不管多远，都与他保持联系吧。"我这样嘱咐儿子。

| 分茶

幽深禅院，茶香弥散，一位禅师身披晚霞端坐于寺门前。禅师的面前，摆了四个大小不一的旧笸箩，笸箩里分盛了新采的鲜茶。——师父在分茶。

他郑重地从大笸箩里抓起一小把碧绿的茶叶，摊于掌心，端详片刻，尔后，将它们分别放进那三个小一些的笸箩里。

一个学生模样的游人纳罕地站在分茶的禅师面前，开口问道："师父，为什么要把茶叶分成三个等次呢？"禅师没有停下手中的活，幽幽答道："一等茶叶，供奉佛祖；二等茶叶，供奉众生；三等茶叶，留给自己。"

游人听得动容，遂俯下身子，饶有兴味地盯着师父掌心的茶叶观瞧。瞧了半晌，也没瞧出个分晓，便又忍不住问道："师父，在我看来，这些茶叶也没啥区别啊。您到底是按照什么标准区别的呀？"

禅师抬眼看着寺外绿意盎然的小山，从容应答游人："虽说这些茶都是初展的黄金嫩芽，但我还要一望其色、二观其形、三会其意、四领其韵。我以色润、形端、意幽、韵雅作为一等茶的标准，其余两种，品质递减。——其实，我也分不好，是那小山上的两株百年老茶树在帮着我分呢。"

游人似懂非懂地点着头，一遍遍回味着禅师的话，若有所思地离开了寺院。

后来，游人在尘网中尝尽炎凉，阴差阳错地，竟踏入了仕途。几乎每一天，他都要分有形无形的茶。

一等茶的诱惑是那么大，最重要的是，如果他私享，没有人能探勘到他舌底的滋味。伸手的时候，他的心一颤，耳畔响起了分茶禅师幽幽的声音："一等茶叶，供奉佛祖；二等茶叶，供奉众生；三等茶叶，留给自己。"

他战胜了自己的贪欲。

素日吃茶的时候，他手把一盏香茶，竟会痴痴地想："说不定，这茶盅里沉浮舒展的，就是师父分与众生的二等茶呢！他还好吗？他依然在幽深的寺院里满足地啜着最下品的三等茶吗？"

再后来，他获得了一枚金光闪闪的奖章。在一个盛大的时刻，各式的话筒花蕾一样簇拥了他。那么多虔敬的耳朵，期待着听到他内心的声音。他却一时语塞。他身体里有个声音左奔右突，几乎要将他掀翻。那个声音说："其实，我也分不好，是那小山上的两株百年老茶树在帮着我分呢。"

| 在微饥中惜福

突然问了自己一个问题：我有多久没有饥饿感了？

我回答不上来，大概有好久好久了吧。总是饱饱的，来不及等到饥饿感光顾，就又开始吃东西了。我是一个热爱食物的人，尤其热爱谷物。看到减肥的朋友米面丝毫不敢沾，内心充满了对这些饥民的同情。

听母亲说，我的祖父在年轻的时候外出讨饭，饿死在了路上。我常常抑制不住地揣想那悲惨情形，恨不得穿越时光跑到我年轻的祖父身边，递给他一个神圣的馒头。我的母亲也曾饱受饥饿之苦，她说："有一回，我跟你二舅饿得要晕过去了，就一人喝了一碗凉水吃了两瓣蒜。"

我的母亲捍卫起过期食品来十分卖力。我要扔掉一袋过期饼干，她连忙夺过去，打开袋子，三块三块地吃，边吃边说好吃。我再执意要扔掉某种过期到不像话的食品，她就急了，说："我也过期了！

你把我也扔了算了！"

挨过饿的人，对食物怀有一种近乎畸态的珍爱。

电视上一个老红军回忆说，爬雪山、过草地的时候，他们吃皮带充饥。妹妹的孩子好奇地问："皮带怎么可以吃呢？"妹妹说："因为是牛皮的吧。"妹妹的孩子继续追问："那他们为什么不吃牛肉呢？"——这个孩子一向视食物如寇仇，以她现有的理解力，断不会明白人何以可以饿到吃皮带的程度的。

目下，"仇饭"的孩子可真多啊。蒋雯丽在一个广告中对她的"女儿"发飙，因为女孩把盛了白米饭的碗狠狠地推到了一边。从前还有一档电视节目，索性就叫《饭没了秀》，用这样一个名字鼓励想上电视或想看电视的小朋友好好吃饭。有个老教师跟我诉苦："早些年，我跟学生们说，今天你不努力学习，明天你就没有饭吃，他们就乖乖低头念书了；现在，我再这么说，他们居然鼓掌欢呼说，没饭吃才好呢，谁愿意去吃饭！"

在这些"仇饭"孩子的对面，站着一些同样令人担忧的孩子，我管他们叫"饕餮一族"。我有个朋友的孩子，酷爱肯德基的炸鸡腿，一顿可以消灭6个。他的父母向我们描述起可爱的宝贝连吃6个炸鸡腿时的情形，仿佛在夸耀一个战功赫赫的将军，崇敬之情，溢于言表。可怜这个小胖墩，刚刚过了13岁生日，却已是个资深脂肪肝患者了。

仇饭与饕餮，都是对饭的不敬。

有一次，我和一位姓刘的女士对坐用餐。我们吃的是份饭。面对一个馒头和一荤一素两个简单的菜，刘女士双手合十，闭目默祷。我拿起的筷子倏然停在了空中……她吃得那么香甜，我甚至怀疑是她的祷告词为那寡淡的菜蔬添加了别样的滋味。据说僧人用斋时要"心存五观"："计功多少，量彼来处；忖己德行，全缺应供；防心离过，贪等为宗；正事良药，为疗形枯；为成道业，方受此食。"用斋亦如用功，不可出声，不可恣动。

我常想，对寻常的一蔬一饭都怀有神圣感的人，一定不会漠视造物的种种赐予吧。

听一个医生说，适度的饥饿感是有益健康的。他说，人在不饥饿的时候，巨噬细胞也不饥饿，它便不肯履行自己的职责；只有人有饥饿感的时候，巨噬细胞才活跃起来，吞噬死亡细胞，扮演起人体清道夫的角色。他甚至说："饥饿不是药，比药还重要。"被饥饿感长久疏离的我，多么想要这样一种感觉——饥肠辘辘之时，捧起一个刚出屉的馒头，吃出浓浓麦香。

尼采说："幸福就是适度贫困。"一部分先富起来的国人听到这话肯定很不爽吧？他们可能会骂尼采在胡说，骂他吃不到葡萄说葡萄酸。——我们好不容易富起来了，你却跟我们扯什么"适度贫困"，去你的罢！

食物富足了之后让人适度饥饿，跟钞票宽裕了之后让人适度贫困一样惹人不快。曾几何时，贫困和饥饿恣意蹂躏无辜的生命；今天，走向小康的我们还不该报复性地挥霍一番么？就这样，浅薄的炫富断送了必要的理性，餐桌上的神圣感迟迟不肯降临……

我多么喜欢为母亲炒几个可口的小菜，再陪她慢慢吃。那么享受，那么陶醉。我知道我总是试图替岁月偿还了它亏欠母亲的那一餐餐的饭。菜炒咸了，母亲说正好；菜炒煳了，母亲说不碍。我带着母亲下馆子，吃完了饭打包，她跟服务员说："除了盘子不要，其余都要。"

在物质极大丰富的今天，为了铭记伤痛，为了留住健康，为了感谢天恩，我们太应该唤醒自己对一蔬一饭的神圣感，在珍爱中祝祷，在微饥中惜福，在宴飨中感恩——不是吗？

｜　永不卑贱，永不虚伪，永不残忍

大卫·科波菲尔的姨婆谆谆告诫他三句话：永不卑贱，永不虚伪，永不残忍。

这段话被安排在"人教版"高中教材一个不起眼的角落里。有一次跟一个女生交流写作体会，我提到了这段话。她瞪大眼睛肯定地说："老师，我们书上没有这段话！"我说有的。她坚持说没有。后来，还是教材"站"出来说话，证明我是对的。我不是那女生的语文老师，但我可以想见，她的语文老师没有注意到这段话；而那个女生也不大可能去注意到这段话，因为既然老师不讲，就不会考，不考的东西，学它干吗！

但这却是多么好的一段话呀！每一个孩子都应该读到它、思考它、践行它。

——永不卑贱。

奴性十足的人，一律打着鲜明的"卑贱"戳记。以自我的卑琐，培植他人的下贱，这几乎是所有卑贱者的拿手好戏。

鲁迅在他的《孤独者》中塑造了一个名叫魏连殳的形象，他的人生际遇颇像坐"过山车"，忽而低到尘埃里，忽而高到云头上。在他低到尘埃里时，那些世故的小孩子都嫌弃他，连他的花生米都不肯吃；当他高到云头上时，他给小孩子送礼物，前提竟然是要小孩子"装一声狗叫，或者磕一个响头"。

这样的故事居然还有"现实版"，在饥饿的年代里，5岁的小莫言就曾被粮食管理员用一块豆饼诱着，被迫学狗叫。你可能觉得学狗叫的人卑贱，其实，迫人学狗叫者的卑贱程度比学狗叫者高一万倍。

越是卑贱，越是嚣张，一个人的嚣张指数与其卑贱指数呈正相关。

——永不虚伪。

有谁能清醒地意识到，其实，"虚伪"天天都跟我们腻在一起，"皇帝的新装"在我们身边长演不衰。我们见惯了虚伪，渐渐沦丧了说出真相的勇气与热忱。

我想，这样的道理不会有人不明白——我们可以叫醒一个深睡的人，但是，我们休想叫醒一个装睡的人。装睡的人，以刻意营造睡的假象为使命，呼唤、撼动、鞭打都不足以让他醒转来。

网友说：虚伪的最高境界乃是把虚伪读作真诚。骗天，骗地，骗人，骗鬼，这虚伪的"道行"还不够深，那称得上"虚伪九段"的，是连自己都可以骗过。

侯宝林有个著名相声段子《买佛龛》，有人问老太太：您这个佛龛是新买的？老太太一听不乐意了：去，哪有这么说话的？！那人赶紧改口：那您这个佛龛是花多少钱"请"来的？老太太愤然答道：哼，就他妈这么个玩意儿，八毛！——老太太充其量是个"虚伪三段"。

——永不残忍。

看到狮子追捕、撕食羚羊，有人大叫"残忍"，嘻嘻，这哪叫残忍！

上帝没有把狮子设定成食草动物，为了活命，它必须这么干。真正的残忍，是来自人类的"精致的残忍"——在熊身上打开一个永远脓血交流的伤口，令其源源不断地为人类提供珍贵的胆汁；当街"活杀驴""活杀猴"，边杀边亢奋地叫卖鲜嫩的红肉或雪白的脑浆；麻利地割下鲨鱼的背鳍、胸鳍、尾鳍，然后将其抛入大海，让它极度痛苦地死去……

你以为这些残忍就登峰造极了吗？没有。

我曾见识过一种"极品残忍"，那是一个叫林森浩的研究生提供给我的。他那么淡定地向董倩讲述毒死室友的过程，就像讲述毒死一只小白鼠；在二审的庭审现场，他自始至终没有看过父亲一眼，甚至当法庭宣布判处他"死刑"后失态的老父亲飞身扑向法官他都冷眼相对……选择用化学物质杀人的林森浩，生命中确乎少了一张不该少的"人性元素表"。

卑贱，虚伪，残忍，我们来向这个世界报到时都不曾携带这些东西，但是走着走着，这些东西就像尘埃一样扑向我们。怎样拂去这些恼人的尘埃？怎样守住人生的底线？怎样让"永不卑贱，永不虚伪，永不残忍"成为我们乃至我们家族成员鲜明的戳记？让我们想想，让我们好好想想。

| 恩宠

我说不清从什么时候开始有了这样一个习惯——每天临睡前为这一天打分。满分是 100 分。我坦言，有许多日子被我打成了"负分"。那日子的灰败、摧颓可想而知。

最近的一个日子里，我被摆在了一个负面事件面前。愤懑，绝望，哀矜，自怜，恨不得冲到没人的地方去大哭一场……这个日子，似乎笃定要得负分了。

但是，晚间收到了两则留言，竟神奇地改写了这个日子的分数。

第一则留言，是一个刚刚辗转加上我微信的朋友发来的。

她跟我说起了 16 年前的一件斑驳旧事……恍惚忆起，在高手如林的赛课台上，一个不知自信为何物的选手，嫩、涩、拙，为善于挑剔的评委送去了许多顺手的"炮弹"。

轮到我点评时，我微笑着赞美了这名选手备课的努力。无非就是不想眼睁睁看着这个刚走上讲台不久的小老师被撂倒。

我怎能想到，这样的一丝善念竟被领受者牢牢记了16年！并且，她业已将"努力"视为了自己的骄矜的人生标签。

第二则留言，来自一个理工科的博士生。

他告诉我说，我的文章像一缕春风，陪伴他走过了高中复读的苦涩时光；在他考取了一所211大学之后，又毅然购买了我的《生命的暗示无处不在》一书，继续与我进行灵魂对话。今天，他寻到我的公众号，只为来这里对我说一声"谢谢"。

我也曾偷偷在心中默念起鲁迅先生的句子——"悬揣人间暂时还有读者"，但我不敢想象，我的文字竟能够给予一个处于人生低谷的孩子以莫大帮助，并让他在十多年之后揣着一份暖暖的谢意在茫茫人海中寻到我。

我给予赛课老师和理科博士的涓滴之爱，有一万个被淡忘的理由，毕竟光阴薄幸，毕竟人间扰攘；然而，这涓滴却幸运地被酿成了浩瀚，复又回过头来滋润我焦渴无助的灵魂。

我想给这个日子打满分了。

现实像个痞徒，恣意蹂躏着被我小心翼翼捧在掌心的佳妙时光。我救不了自己。能救我的，是我昨日不经意播撒的一粒善种。染尘的日子，因为有了慈悲的垂怜而光明复生。

"爱出者爱返，福往者福来"。就算那被送出的爱与福渺如尘埃，一旦得了人心的恩宠，归来时，也能灿若星辰……

我就是"托儿"

好大风！楼房似也被吹动。

拐过那道仿古青砖墙，猝不及防地，见背风处坐了一个白发老人，面前摆一条花花绿绿的"国民棉被"——不用说，那棉被苫了东西。

"买点这个吧……"老人有些不抱希望地对我说。边说边掀开被子一角，露出泡沫箱，再掀开泡沫箱，露出他的"这个"——樱桃萝卜。

我俯身端详他的宝贝，可真漂亮！整整齐齐地打了捆儿，红的娇艳，绿的精神！让人不由幸福地想象这若是整株洗净摆进青花瓷盘端上餐桌该多么讨得一家人欢心！

"多少钱一捆？"我问。

"5块钱。"老人来了精神，殷勤地答。

嗯，不贵呢！我心里说。可是，我这是要去医院做理疗呀，我拎着一塑料袋樱桃萝卜闯进理疗室，也忒违和了吧？

"这么冷的天，会冻的……"我打退堂鼓了。

老人赶忙说："我给你多包几层塑料袋，冻不了。"

我左顾右盼，做出覥摸他的二维码的样子："我怎么给你钱呀？我只带了手机。"

他说："最好，最好给现钱，实在不行，扫码也行。"说着，有几分不情愿地从怀里摸出一个塑封的二维码牌牌。

我正要扫码，一个中年男子连蹦带跳跑了过来。

"冻死我了！"他夸张地嚷着，"又花 15 块钱买了个袋子，装你这 10 块钱的小水萝卜！"边说边抖搂着一个米白色购物袋，"给！10 块钱。这下钱可以归你了吧？哈哈哈……"

老人不住声地说着"谢谢"。

我注意到男子递钱的手上戴着个大金戒指，有普通顶针那么宽，有 10 个普通顶针那么厚。

"真俗气！"我心里说。

我举起手机欲要扫码。

男子突然冲我叫起来："别扫别扫！给他现金！"

我说："我没带现金。"

男子说："嘿！跟我一样，出门就带个手机。你扫码，钱就到他儿媳妇手机上了，你给现金，他就得了！我教你哈，你也像我这样，去那边小超市花15块钱买个袋子，然后，让收银员扫你25块钱，找你10块钱现金，这不就都有了？现金归他，小水萝卜也冻不坏，袋子还可以重复使用！——哦，那是个私人开的小超市，这操作，没问题！"

"你，不是托儿吧？"我开玩笑地问。

他听了哈哈大笑："我是托儿！我就是托儿！我心疼这个大爷，83岁了，比我爸还大两岁呢，天寒地冻地跑出来卖自己种的水萝卜；你只要一扫码，钱就让儿媳妇叼走了。虽说我今天刚认识这位大爷，可我真愿意当他的托儿，动员像你这样的好心人想办法给他现金，让他攥住几个小钱……你说，我这托儿当得是正还是邪？"

他边说边做着夸张的手势，顶针样的大金戒指晃来晃去。

我竟觉得那戒指不那么俗气了。

迎着风，我向超市走去……

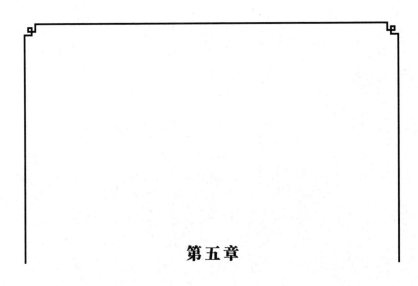

第五章

世界以痛吻我

眼睛能看到的爱

那天去一个小花店买花。卖花的女孩听我报出几样花名之后，就转身到储藏室去了。

一阵呢喃细语。

我想：怎么？老板躲在里面，暗中操纵女孩？——罢了罢了，管那么多闲事干啥！

一会儿，女孩出来了，竟随手"带死"了储藏室的门。

我忍不住好奇心，指着门板问她道："刚才，小姐是在和里面的人讲话吧？"

她浅浅地笑了，说："我是在讲话——在和我的花讲话呀。"

我万分讶异，反问她道："在和你的花讲话？"

她一双纤纤素手麻利地忙碌着，眼睛不看我，颊上依然漾着浅浅的笑："是啊——很奇怪吗？我只是跟我的花随便聊几句，告诉这一枝说：你开得这么好，这么艳，我也留不住你了。再告诉那一枝说：你急什么嘛，小骨朵抱得那么紧，再过两天，送你出门也不迟。——就这样。"

我听得呆了。接过自己的一捧花时，竟对女孩说："往后，我会常来你这里买花——我喜欢这些能听得懂你的悄悄话的花。"

告别了女孩，一路心情灿烂。不由想起另一个暖人的故事。

一个跑郊区线路的公交司机，每天都是十分快乐地开着车走上那条尘土飞扬的道路的。女售票员逗他道："谁比得上你，天天来赴约会！"他幸福地笑着，说："瞧，妒忌了不是？"女售票员叹口气说："妒忌还不是白妒忌，世上谁有你这样的好福气哟！"

乘客都听得蒙了——怎么，这棒小伙儿在乡野还有个痴心恋人？

车继续颠簸着往前开。在一个小村前，女售票员兴奋地指着前面的一个水塘说：在呢！还不快联系！司机于是按响了喇叭，三声短一声长——显然是某种"暗号"。

所有的乘客都引颈观瞧——老天，竟然是一群白鹅！听到喇叭声顿时张开双翅争先恐后地扑拉拉往汽车开来的方向跑，边跑边嘎嘎地欢叫着，犹如一群终于盼来了父母的幼儿园的孩子。

这个与花呢喃私语的女孩和这个约会农家白鹅的司机，让我明白了工作究竟可以带给人几多的快乐。

爱花的女孩，从不怀疑花儿一律长着善听的耳朵。那含苞或怒放的心思，都被女孩一点点地参透，又一点点地分享了。对于她而言，工作早已不仅仅是糊口手段，而是一份滋养容颜的情、一份抚慰心灵的爱。在坎坷颠簸尘土飞扬的乡路上跑车，司机的心中该有多少的愤恨懊恼？如果他一路上骂声连连，大概不会有人怨责他吧？然而，这个棒小伙儿没有；不但没有，他还硬是多了一份在城市大马路上跑车不可能拥有的欢悦。在两边栽种了美丽花树的城市大街上，我听到太多司机在用他们的喇叭表达满心的不耐烦，而这个年轻的司机却在用喇叭抒情！那闻声翩跹而至的白鹅，何尝不是在用忘情的欢叫为那给自己创造了快乐同时又给他人带来了快乐的司机深情祝祷呢？

——倘若你无精打采地烤着面包，你烤成的面包就是苦的，只能救半个人的饥饿；倘若你怨恨地榨着葡萄酒，你的怨恨就在酒里滴了毒液。从你的心中抽丝织成布帛，仿佛你的爱者要来穿此衣裳；热情地建造房屋，仿佛你的爱者要住在其中。这段话是纪伯伦讲的。年轻的、健康的生命总是要与"工作"结伴前行的。不要厌恨工作，更不要诅咒工作，学着将一份挚爱融入工作中吧！要知道：用快乐去阐释工作，人生就远离了怅恨烦恼；用柔情去打磨日子，岁月将赠予你无比丰赡的回馈。

永远记着——工作，是眼睛能看到的爱。

执虚如盈

每当听到学生们背诵《弟子规》中"执虚器，如执盈"的时候，我都会不由自主地放慢了脚步。

好喜欢这两个短句！一遍遍在心里默念它，被提醒的顿悟与被寄望的欣悦暖暖地包围了我。

从字面上来看，它很好理解——就算你手里拿着的器物里空无一物，你也要当它盛满了东西一样，小心翼翼地捧着，不要生出半点轻慢不恭。

我试图让自己潜入这两个短句的深层，轻轻叩问一下作者：先生究竟出于怎样的考虑，号召人们视"虚"为"盈"呢？难道说仅仅是为了爱惜器物、不使堕地吗？

——当然不是。

先生应该是十分看重那颗"恭肃的心"的。即使是捧着一只粗瓷的空碗，也当那里面盛满了佳肴美馔，不因"空"而生狎昵，恭肃的心，惴惴地悬了，让"盈"在这一刻成为"虚"的别解。

我得承认，我是慢慢喜欢上那种"执虚如盈"的庄肃感的。在这个美好的提示面前，我郑重地将自己所打发走的日子归了类，分为"执盈如虚""执虚如虚""执虚如盈"三个阶段。

在"执盈如虚"的岁月里，何曾知道自己正"执盈如虚"？生活将那么多盛满了琼浆的精美器物送到我手中，我却没想到它们都是需要我怀着一颗恭敬的心去珍爱的。这颗心，与其说是粗疏的，不如说是贪婪的，它惯于挑剔，惯于骄横，惯于在一朵花前遥想另一朵花。

后来，生活或是恼了？竟粗暴地略去了"洽谈"的程序，劈手从我怀里掠走了一些，又掠走了一些。我不能呼告，不能悲鸣，只能默默注视着自己越来越空虚的怀抱，惊恐莫名。于是，赞歌暗哑，腹诽茁长。一双"执虚如虚"的手，注定逃不掉被荒漠吞噬的命运。

感谢那个飘着海腥味的夏天，它使我幸福地读懂了"盈虚"的内涵。在那条仿佛被世界遗弃的夜航船上，我站在甲板上看下弦月，一位写诗的大姐静静地站在我身旁，我叹口气说："月缺的日子，总是多于月圆的日子——多像生活！"大姐却说："换个角度想想，每一天的月亮其实都是圆的——你用光明的想象补充上那暗影部分就成了。"我把这说法进驻我的心的那一天看成节日，因为就是打从那一天开始，我渐渐修炼了一项将一弯金钩看成一轮玉盘的本领。

那一年，在大昭寺，顺着导游的手指看去，我们看到了那么多塞在"牙柱"缝隙里的牙齿。导游告诉我们说，这些牙齿都是朝圣者的，他们不幸死在了朝圣途中，同行者便敲掉他们的牙齿，带到了这令他们神往一生的圣地。浩叹四起。我知道这些浩叹背后不乏鄙夷的同情，但是，我却忍不住朝那些牙齿深深鞠躬。想那毅然踏上朝圣之路的人，大概都曾逆料过这样一个途中抛尸的结局，可这却没有成为他们逃遁的理由。甘心的生命，甘心的灵魂，将空虚的朝圣之旅装扮得一路花开。

恭肃的心，充盈了器物；颖慧的心，充盈了月亮；虔敬的心，充盈了天地。说到底，真正空虚空洞的，既不是器物也不是生活，而是我们昏花的眼与蒙昧的心。

——"执虚器，如执盈"，是一种态度，更是一种境界啊。

爱与宁静，曾经来过

雨季来临前，我们照例去楼顶检查一下避雷针。

同行的有一位专业人员。他指着避雷针的针尖部分对我们说："你们看，这避雷针上有多么明显的引雷痕迹啊！这说明在去年的雨季它很尽职地工作，多次将本可能击中这栋高楼的雷电吸引到导体棒上，再经由导线导入大地，从而使这栋高楼免遭雷击。"听他这样一讲，我们不由肃然起敬，围着那枚不起眼的避雷针饶有兴味地观赏起来。

我看着那细细的针体，怎么也不敢相信它曾引走过那么多可怕的雷电。如果它有知，那么，它在履行自己职责的时候是惊惶的呢还是从容的呢？在闪电鞭答天地，炸雷横扫乾坤的一刻，人与鸟与兽，能逃匿的都逃匿了，只有这小小的避雷针只身站在高处，招手吸引雷电，在遭到命定的电灼雷击之后，依然挺立着，安然迎接属于自己的阳光。

　　我让视线移开了一些，一低头，居然发现避雷针旁水泥楼顶的缝隙里长着一棵不知名的小草，而那小草上，赫然开着一朵淡黄色的小花！我俯身仔细端详那小花，发现它是复瓣的，蕊小得几乎看不见。与她对视的瞬间，我突然就微笑了。我想，这个画面可真富有禅意啊！它在这个初夏的黄昏撞上了我的心怀，要指望我用怎样的智慧去解读它呢？

　　我得说，面对这个美好的画面我有一些自愧。如果把我的肉身比喻成一座建筑，我又何尝不需要一枚神奇的避雷针呢？我的雨季均衡地分布在四季，电闪雷鸣是我人生气象的常态。似乎想都没有想过要避雷，"没有风雨躲得过，没有坎坷不必走"——歌里不就这么唱的吗？雷电袭来，就豁命地迎上去，痛了，伤了，哭了，忍了，从来没有想过要改变自己，或者说，一直以为用血肉之躯去亲吻剑锋是一种逃不掉的宿命。每次检点伤痕，都不免生出怨艾与哀怜——怨艾命运，哀怜自我。肉身被摧毁了一万次，每次都是抓住一根稻草挣扎着侥幸逃生……

　　从今天开始，可不可以试着为自己安装一枚避雷针？不以硬碰硬，也不闪避逃遁，雷电袭来，就巧妙地将它引入广袤的大地，只把闪电看成一次心动，只把雷鸣看成一句表白，巧妙地，将扫荡整个生命的惊悚与战栗置换成针尖那么大的一丁点痛苦；最重要的是，在雷电呼啸着经过的地方，还要竭力雕琢出一朵惊世的小花，越是与苦难比邻，越有心思扮美素淡的光阴，借一朵随时可能凋零的微笑告诉世界，爱与宁静，曾经来过。

我愿，从所有的过往岁月中抽出一根灵透的金属之丝，以境界为砧，以胸襟为锤，淬以智慧之火，精心打造我生命的避雷针；还要提了感恩的喷壶，每日浇灌那一颗遗落在水泥齿缝间的种子，直到看它开出惊世的花朵……

"死而不亡"和"勇于不敢"

给学生讲老子的那个名句"死而不亡者寿",听到下面有嚷嚷声。我说:"我猜你们在为这个句子找佐证,是吗?"有个男生站起来说:"不是。我们在说,这好像是个病句吧?死了就是亡了,亡了就是死了,哪里还有死而不亡的人呢?"

我说:"是吗?这世界上果真没有死而不亡的人吗?死和亡,一定是同步进行的吗?你们知道吗?除了'死而不亡',老子还说过'勇于不敢'呢!你们是不是觉得这也是个病句呢?你们会说:我们只听说过勇敢,没听说过勇于不敢——都不敢了,还能算什么勇?勇猛才是真勇敢,不敢就是怯懦了呗!怯懦要是称得上勇,那黑就称得上白,臭就称得上香!——你们是这样想的吗?孩子们,我为你们遗憾,因为,你们没有触摸到老子两千多年前的心跳呀!我拜托你们好好思忖思忖这两个词语中蕴含的深意,谁能悟透其中道理,谁就是个了不起的人!"

他们于是陷入了深深的思考。

我悄然自问：身为抛出这个问题的人，我自己悟透其中的道理了吗？

如果说我悟透了，那我为什么还总要去做一些"死而亡"和"勇于敢"的事呢？

死，是身体的灭亡；亡，是精神的灭亡。说起来，我们的皮囊，原是一件多么容易朽坏的东西啊！如果我们在短暂的人生旅程中总是热衷于关照这易朽的皮囊，那么，我们的"死"，差不多也就等于"亡"了。但是，我们还有另外一种选择，那就是，为这易朽的皮囊注入意义，让它携着一种荣光，获得长于皮囊的生命。罗曼·罗兰说："创造就是消灭死。"其实，这个句子翻译成"创造就是消灭'亡'"更为妥帖。老子和罗曼·罗兰，无不是在劝诫人们通过创造某种价值来为自己延寿，只有那样，《安妮日记》中所谓"我想在我死后继续活着"才可能变为现实。我关注那些过分讲究养生的人很久了。他们像追求真理一样狂热地追求长寿，小心翼翼地伺候着自己的那具皮囊，唯恐它造反抑或罢工。他们罔顾生命的高度与宽度，眼睛直勾勾盯着生命的长度。我想，就算你能活百余岁，跟那活了千年的人相比，你不还是短寿的吗？——那些为人类创造了宝贵精神财富的人，才是历千载而不亡啊！老子、孔子、李白、杜甫，这些人，堪称真正打败了光阴的人。

"勇敢"是个褒义词，历来为人们所崇尚。但是，谁能领略到"勇于不敢"的美丽呢？什么叫"勇于不敢"？在我看来，勇于不敢，就是肯于"高调示弱"——我不是真的弱，我是因了敬畏、因了悲悯、因了爱怜，所以才低头、才缩手、才退却。勇于不敢，是超越了勇敢的大智大勇，是"百炼钢"化为"绕指柔"。然而，有一种可怕的"勇敢"是多么喜欢跑来充当我们的情人呀！它一旦缠上我们，我们就欣然做稳了它的奴隶——当我们用一种改天换地的豪情拦截一条大江的时候，我们是不是忘了说"勇于不敢"？当我们用一种摧枯拉朽的气势填掉一个湖泊的时候，我们是不是忘了说"勇于不敢"？我们轻易就铲平了一座山、弄脏了千条溪、砍掉了万株树，就这样，"勇敢"劫持了我们的心，让我们变得狰狞起来、乖戾起来。

谁能永远远离自我羞辱的时刻呢？当我们沉湎于一个"短半衰期事件"，当我们因为怠惰而不断原谅自己，我们能听到老子那穿越千载的叹息吗？当我们对亲爱者肆意伤害，当我们恬然纵宠自己的恶言恶语，我们能看到老子那悲伤怅憾的眼神吗？

"死而不亡"，是劝勉我们"有所为"的；"勇于不敢"，是劝诫我们"有所不为"的。亲爱的红尘过客，你能触摸得到老子那两千多年前的心跳吗？

｜ 心中的清凉

　　一条渡船，上面载满了急切到对岸去的人。船夫撑起了竹篙，船就要离岸了。这时候，有个佩刀的武夫对着船家大喊："停船！我要过河！"船上的客人都说："船已开行，不可回头。"船夫不愿拂逆众人的心，遂好生劝慰武夫道："且耐心等下一趟吧。"但船上有个出家的师父却说："船离岸还不远，为他行个方便，回头载他吧。"船夫看说情的是一位出家人，便掉转船头去载那位武夫。武夫上得船来，看身边端坐着一位出家的师父，顺手拿起鞭子抽了他一下，骂道："和尚，快起来，给我让座！"师父的头被抽得淌下血来。师父揩着那血水，却不与他分辩，默默起身，将座位让与了他。满船的人见此情景，煞是惊诧。大家窃窃议论，说这位禅师好心让船夫回头载他，实不该遭此鞭打。武夫闻听此言，知道自己错打了人，却不肯认错。待到船靠了岸，师父一言不发，到水边洗净血污。武夫看到师父如此安详的神态举止，愧怍顿由心生。他上前跪在水边，忏悔地说："师父，对不起。"师父应答道："不要紧，外出人的心情总不太好。"

讲这故事的人是这样评价这件事的：禅师如此的涵养，来自视
"众生皆苦"的慈悲之心。在禅师看来，武夫心里比自己苦多了。
不要说座位，只想把心中的清凉也一并给了他。

我坐在这个故事的边缘长久发呆。我轻抚着自己的心，悄然自
问：这里面，究竟有几多的"清凉"？

和那位拥有着"沉静的力量"的师父比起来，我是近乎饶舌的。
现实的鞭子还没有抽打到我的身上，我已经开始喋喋地倾诉幽怨了。
我不懂得有一种隐忍其实是蕴蓄力量，我不懂得有一种静默其实是惊
天的告白。我的心，有太多远离清凉的时刻。面对误解，面对辜负，
面对欺瞒，面对伤害，我的心燃起痛苦仇怨的火焰，烧灼着那令我无
比憎恶的丑恶，也烧灼着我自己颤抖不已的生命。我曾天真地以为，
这样的烧灼过后，我的眼将迎来一片悦目的青葱。但是，我错了。我
看到了火舌舔舐过的丑恶又变本加厉地朝我反扑，我也看到了自己
"过火"的生命伤痕累累，不堪其苦。总能感到有一道无形的鞭影在
我的头顶罗织罪名，总是先于伤口体会到头破血流时的无限痛楚。我
漂泊的船何时靠岸？洗净我满头血污的河流又在何方？

当我和这位禅师在一本书里相遇，曾忍不住抚着纸页痴痴地对
他讲：因为怜恤，所以，你不允那人独自滞留岸上；遭遇毒打时，
你因窥见了那人焚烧着自我生命的满腔怒火而万分焦灼；当那人跪
下向你忏悔，你原谅了他，还真心地为他解脱。——你的心中，究

竟储存着多少清凉？面对你丰富的拥有与无私的施与，我一颗寒酸寒苦的心，感动得轻颤起来。

几年前在一个寺院，一位师父告诉我说："一照镜子，你就读到了一个字。"愚钝的我傻傻地问道："那是个什么字呢？"师父在自己的双眉上画了一横，又在两眼上各画了一下，然后，在鼻子上打了一个十字，末了，又指指自己的嘴，问："猜着了吗？"我懵懵懂懂地说："没……有。"师父说："哦，猜不着才好。猜不着，你有福了。"说完，径自去了。我急煎煎地问同行的伙伴："到底是个什么字啊？"伙伴说："是个'苦'字哦。"

——却原来，我们带着一个"苦"字来到尘世间。你是苦的，我是苦的，众生皆是苦的。

惊悸的心，枯涩的心，猜疑的心，怨怼的心，愤怒的心，仇恨的心，残忍的心，暴虐的心……这些心，全都淤塞着太多太多的苦。被苦主宰着的心远离春天，远离自由。当我们宣泄内心的苦的时候，这苦最先蜇伤的，往往是我们自己。就像那个高举鞭子的武夫，鞭子未及落下，自己的灵魂已皮开肉绽。说到底，无非就是这样一个道理——虐人亦即自虐，爱人亦即自爱。

让我们在每一面镜子前驻足，认清自己脸上刻着的那个清晰的字。让我们深深怜惜那些被这个字穷追不舍的可怜的人。让更多的人一抬手就能轻易扪到自己心中无尽的清凉。

一袋盐

1998 年，一个做小生意的亲戚送来一袋盐——25 公斤的一蛇皮袋子盐呀！他将那一袋子盐扛上楼，"嘭"地卸在他脚边。听到我对着那巨大的一袋盐惊叫，他歉疚地搔着头，眼睛望着别处，闷闷地说："嫂子慢慢吃吧。"

亲戚走后，我跟我家老徐说："我的天！他这是想让咱们吃一个世纪吗？"

每次我用盐罐去扡盐，都要对着那巨大的一袋盐惊叹半天。我跟自己说："到哪辈子才能将这海量的盐吃完呀？"扡了一次又一次，可那一大袋盐，似乎半点都不见少。我跟办公室的同事们说："谁要盐？有人送了我家老大老大一蛇皮袋子盐呢！"大家笑起来，说："要是别的就帮你吃点，盐嘛，你自己慢慢吃去吧！"

慢慢地，那一大袋子惹得我惊叹不已的盐，竟淡出了我的视线。早就习惯了逛超市不买盐，拿藐视的目光瞥着货架上那可怜的一小袋一小袋盐，对它们说：哼！我家的那袋盐，堪做尔等祖宗；早就习惯了大手大脚地用盐腌咸菜、腌鸡蛋、腌一切能腌的东西，大把抓盐的时候，心里说：守着偌大一座盐山，不肆意挥霍，何其羞愧！

时间挺进了21世纪，我们家的盐还有多半袋。我跟老徐说："我为这一袋盐骄傲！因为它是我们家跨世纪的盐！"

大约到了2003年，有一天，我照例举着空盐罐去扞盐，突然发现那一座盐山竟快被我们吃空了！我急煎煎地把老徐喊过来，拎着那仅剩了一点点盐的空袋子跟他说："我简直不敢相信，这才五六年的工夫呀，咱们居然吃进去了50斤盐！"老徐幽幽地说："咱们没吃，时间吃了。"

扔掉那个空蛇皮袋子的时候，感慨淹没了我。我问自己：还有什么东西，是时间嚼不动、咽不下的呢？

来自那一袋盐的感悟，足以投射我的后半生——我在初见那饱满的一袋盐时，惊叹了又惊叹；我在舍离那个注满空气的盐袋时，感慨了又感慨。但是，我很难回忆起漫长地享用着那袋盐的日子里的点滴心绪。与初始的拥有与懊丧的挥别相比，那中间的漫漫时日仿佛是专门供人忽略的。这事体，具有多么强烈的象征意义！当一个链条（譬如婚姻的链条、事业的链条、生命的链条……）足够长，长到令我们难以看到它的起点与终点，我们茫然面对着那中间环节，除了麻木、淡漠，几乎无事可做。一种稳切安全的占有，偷走了我们所有的忧患与惊奇，我们大把大把地挥霍着那超量的拥有，根本看不到时间对它的蚕食。

想起了巴尔扎克的《驴皮记》。主人公瓦朗坦得到了一张神奇的驴皮，它可以帮助主人实现任何愿望，然而，每实现一个愿望，驴皮就会缩小一些，主人的寿命也会随之减缩一些……其实，驴皮的损耗与生命的损耗都属于不可违逆的事件。时间，最是贪吃，万事万物，悉数填入了它无厌的腹中。

——你挥霍的手，何时方能被理性的目光蜇痛？

——你麻木的心，何时方能被那初始的惊叹与舍离的感慨赐予智慧，因而变得柔软、温煦、顾惜？

| 1 与 1000 比邻而居

那是多年前的一个夏天，我与儿子站在马路边等车。车一直不来，我俩无事可做，便盯着眼前的居民楼看。

我有个发现，就对儿子说："你注意观察每一家的阳台摆放的植物，看有什么区别。"

他看了一会儿，突然叫起来："哇！有的人家养了满满一阳台花，还嫌不够，竟然又焊了个伸到楼外的多层铁罩子，层层摆放花盆。嘿！简直是立体绿化呀！有的人家嘛，一株花也没有养——就是这个区别吗？"

我说："你再看看，有没有人家只在阳台摆放了一盆花的？"

他看了看说："还真没有。太奇怪了！这些人家，要么不摆花，要么就摆许多花！"

我说："是啊！你看你老妈我，不就是养花上瘾了嘛！你记得吗？咱家养过一棵米兰，开花的时候，它的香气竟然可以从 20 层楼一直飘到楼下！这香气鼓舞了我，我于是又陆续买来了茉莉、栀子、薰衣草等香气袭人的花……我每天早起要做的第一件事就是向花们请安。我简直不能忍受家里有空花盆，一旦把花养死，我会立刻设法在那花盆里种上东西，实在没的可种，就种几粒花生，要不，就种一块姜。你爸嘲笑我是'农妇转世'，我呢，还挺认可他这个评判，哈哈……不过，我想跟你说的可不是养花的问题，我想跟你说人性的一个特点：人，一旦在某件事上尝到了甜头，他就遏制不住地要复制再复制。这就是人们通常说的——从 0 到 1 的距离，通常会大于从 1 到 1000 的距离。我们甚至可以这样说：1 与 1000 比邻而居。就说对面楼里那个焊了铁罩子搞立体绿化的人，一定跟你老妈一样，从养一盆花到养多盆花，一发不可收……"

后来，家里有个农村亲戚迷上了赌博，输光了家中的所有积蓄，又借了钱还赌债。我得知此事后很同情他，便给他汇去了一些钱。收到钱后，他打来电话，大哭。他说："妹子妹子，我要是再耍钱，我就砍掉自己的手指头！你一辈子都别再认我这个哥了啊……"我在电话这边陪着他哭，说了好多劝慰的话。大概过了不到一个月的时间，嫂子打来电话，大哭，说："你哥又去赌了！我没法跟他过了……"我听后十分震惊，儿子却在旁边笑笑地说："妈，这有什么好大惊小怪的？这不就是要么不养花、要么养一阳台花还嫌不够吗！这不就是你所说的'1 与 1000 比邻而居'吗？"

再后来，接触到了"路径依赖"的说法，明白了上述事件均可以表述为：人们一旦进入某一路径（无论是"好"还是"坏"），就可能对这种路径产生依赖。一旦人们做了某种选择，就好比走上了一条不归之路，惯性的力量会使这一选择不断自我强化，并让你轻易走不出去。

这多像是"鬼打墙"！你掉进了一个怪圈，任凭怎么奔突、挣扎都逃不出一种无形的辖制。你试图前行，却周而复始地踩在自己的脚印中。

"路径依赖"普遍地在我们身边存在着：发表了一篇文章，就生出再发表十篇八篇文章的欲望；献了一次血，就有了再献十次八次血的冲动；资助了一个"珍珠生"，就滋生了再资助十个八个"珍珠生"的想法……而当你第一次蔑视规则却侥幸获赞，当你第一次徇私舞弊却未被拆穿，当你第一次背信弃义却喜得红利，你自然也会踏上一条不归之路，在不断的"自我强化"中一点点逼近生命的断崖。

所有的"习惯"里都住着一个魔。它一旦统摄了我们的灵魂，我们即会不由自主地向着一个它所指定的方向断然滑去——一个美丽派生出千万个美丽，一个丑陋派生出千万个丑陋。

一想到 1 与 1000 原是比邻而居的，我们就应该感到惊骇、悯震。每个人，都不妨在初始的选择面前打一个激灵，因为，这个初始的选择中藏匿着一个"隐形按钮"，按动之后，它将死死地操控着你，不是让你"越飞越高"，就是让你"越陷越深"……

| "面包"与"玫瑰"的拉锯战

一个人走在路上，突然被人喊"老师"，回头看时，见是一个美气的女孩。看我停下，女孩跑过来，热情地拥住我；回头对一位微笑着看她的中年男子说："我老师！就是我常跟你提起的那位……"我伸出手，握那发福男子肥厚的手。他穿西装，染过的头发梳得一丝不苟。他讲普通话，但凭着我对语言的敏感，一下子就捕捉到了其中夹杂着甩不掉的 C 市口音。我说："您在 C 市待过？"他笑着点头，女孩抢着说："他就是 C 市的！我现在也在 C 市工作。老师，告诉您个好消息，我马上就能解决编制问题了！'入编'之后，我们就结婚！"我飞快地在头脑中梳理着女孩密集呈现的系列信息，问她："要是我没有记错的话，你学的是饭店管理专业吧？"她说："就是啊老师！您说我那时候怎么那么傻？中了邪一样，非要报这个破专业！我还以为一毕业就会有大饭店争着抢着让我去管理呢！结果可好，毕业就失业。不过还好，老天让我遇到了他。现在我和他在同一个单位——C 市财政局。我妈说我命这么好，全是她烧香烧来的。哈哈！"财政局……编制……结婚……美貌女孩……中年男子……我似乎全都明白了。

握别了女孩，心上起了乌云。我想到了学校的"女生课堂"。在女生课堂里，我们讲"面包与玫瑰"——100多年前，美国妇女就喊出了"既要面包，也要玫瑰"的经典口号；面包代表物质生活，玫瑰则代表了包括爱、尊严在内的精神生活。我不愿臆断路遇的女孩是个"唯面包主义者"，或许，她和那个中年男子之间的"忘年恋"是动了真情的，但是，女孩不知掩饰的欢呼"编制"却着着实实地出卖了她——在她看来，那无疑是一件傲煞人的事，所以她急于炫耀，急于与她的老师分享；她承认自己"命好"，而她"命好"的全部秘密就在于老天让她"遇到了他"，他才是她的幸运之源；她怎么可能到专业不对口、令人心馋眼热的财政局工作？还不是因为财政局是他的"老巢"！

我几乎可以断定，这是个"面包大于玫瑰"的女孩。她不一定就忘却了高中时在"女生课堂"上学来的那个口号，但是，"社会"这个老师很快就让她懂得了"面包比玫瑰更实惠"的道理。马诺不就曾赤裸裸地为一代"唯面包主义者"代言吗？她说："我宁愿坐在宝马车里哭，也不坐在自行车上笑。"瞧，"面包"蔑视起"玫瑰"来，何其跋扈！何其嚣张！

最近，有个作古的女子因为一部电影重又闯入人们的视野。萧红，一个被"列巴圈"套死的女人。什么才情，什么爱情，什么亲情，在一个"列巴圈"面前全都失了分量。当她悲惨地逼问"我拿什么来喂肚子？桌子可以吃吗？草褥子可以吃吗？"，你是不是就可以原谅她一次又一次的"犯贱"了呢？如果你不原谅，你是不是又要到"饿死事小，失节事大"那里去寻答案了呢？

今天，几乎所有的女人都可以不通过"犯贱"就能吃上"列巴圈"了。然而，"银列巴圈""金列巴圈"在远方殷勤招手，于是，"玫瑰"只好黯然让位于"面包"。

"面包"与"玫瑰"的拉锯战不会轻易终结。"面包"从未断绝过拉"玫瑰"下水之心，"玫瑰"也从未消泯过带"面包"高翔之念。在这场没有硝烟的战争中，一茬茬女子兴致勃勃地充当着英雄抑或炮灰，在光阴中一闪即逝。

"物质女"铺天盖地来袭。"物质女宣言"不就是这样说的吗——我想，用一颗钻石求婚比用一枝玫瑰求婚更能打动我的心。"物质女"坚信：同样是醋熘土豆丝，用"英国制造的银餐具"去吃它与用"两根棍棍"去吃它味道绝对不一样。

在"玫瑰"越来越难抢到一席之地的今天，我还是要不合时宜地鼓吹"玫瑰"的重要性——它是爱情小屋的地基，它是婚姻大厦的钢筋，它是女人闭着眼睛都不会买错的"绩优股"。

天下女子都应该竭力追求"面包与玫瑰"兼得。那是因为——只要"玫瑰"活不了，只要"面包"活不好。

藏在木桩中的椅子

电视上正在播出一档叫作《挑战英雄汇》的节目，我边做家务，边有一搭没一搭地瞧。

当一个叫卡尔布的德国人登场的时候，我丢掉了手里的家务。

那是个大块头的家伙，拎着一把红色的电锯，慢吞吞地出场了。他要表演的项目是，用不超过 150 秒钟的时间，将一截木桩制作成一个可以承受他自身重量的小椅子。

木桩是普通的木桩，跟扔在我家后院的一截截木桩没啥两样。

我看见卡尔布将木桩竖了起来，然后朝主持人晃了一下电锯，示意准备停当。于是，计时开始。

卡尔布娴熟地使用着电锯，笨重的身体一点也不妨碍他灵活的举手投足。电锯与木桩亲密接触，嗡嗡的响声中，被淘汰的一块块边角料应声坠地。一时间，我根本看不出卡尔布究竟是在做椅子的哪一部分，只看懂了屏幕左下角的电子计时器在不停地跳字。两个主持人忘记了解说，只管前倾了身子、张大了嘴巴，呆呆地看着卡尔布的精彩表演。到了后来，连边角料都看不到掉下来了，卡尔布的电锯用它自己才能听懂的语言说着轻重深浅。在我眼中，卡尔布不像是在做木匠活，倒像是在进行一场"行为艺术秀"。

观众一声欢呼！卡尔布从木桩的顶端拿出了一个浑然一体的精致小椅子——用时仅仅 95 秒钟！

卡尔布得意地将那个靠背带有镂空饰花的小椅子放在地上，然后，单脚悬空站了上去。演播大厅又是一片欢呼。

我多么喜爱那个瞬间诞生的迷你椅子啊！我设想着如果把它稍稍打磨一下，刷上清漆，上面再安放一个花儿一样的孩童，那将是一件多么美妙的事情！

不由想到我国宋代那个画竹高手文与可，他画竹的秘诀是，先让竹子在胸中长出个样儿来，再按那胸中的样儿将竹子搬到纸上。我想，对卡尔布而言，又何尝不是先在胸中制成了一把现成的椅子呢？那个椅子先在胸中成了形，卡尔布再按照它在自己胸中的样子向那截木桩讨要那把椅子。好比是，那个小椅子原本就是藏在木桩里了，卡尔布只是花费了 95 秒钟的时间，将它从木桩中"找"了出来。

在尘世间，"创造"这东西永是最迷人的。颖慧的心，灵巧的手，常能对凡庸的事物做出非凡的解读。没看卡尔布表演前，我只会将我家后院的木桩叫作木桩，它们呆头呆脑，左不过是木头一截、一截木头；看了卡尔布表演之后，我看那些木桩时的眼神竟倏地变了！我设想那庸常的木桩里面正藏着一批精美的迷你椅子，只待一把富有灵性的电锯一声轻唤，它们即会列队翩然而出！

其实，又何止是木桩呢？被我们凡庸的眼与心怠慢了的事物尚有很多很多吧？山水里藏着画意，四季里藏着诗情，有谁，愿意带着激情将这旷古的画意与诗情从混沌的背景中解救出来，让它们以一种无比美好的姿态，恒久地存活于喧阗人间……

世界以痛吻我

世界以痛吻我，要我回报以歌。这凝重的诗句，是泰戈尔的。

我不知道这两句诗的原文是怎样写的，但却觉得翻译得妙。有一回，我的一个学生发来短信，说她被至爱的人辜负得很惨，她写道："我恨他，因为他让我恨了这世界！"我连忙把泰戈尔的这两句诗发给她，并解释说，那所有以痛吻我们的，都是要我们回报以歌的；如果我们以痛报痛、以恨报恨，甚至无休止地复制、扩大那痛与恨，那我们可就蚀本了。她痛苦不堪地回复我说："可是老师，我真的是无歌可唱啊！"

——是呢，世界不由分说地将那撕心裂肺的痛强加于我，我脆弱的生命，被"痛"的火舌舔舐得体无完肤了，连同我的喉咙——那歌声的通道——也即将被舔舐得焦糊了啊！这时候，你却隔岸观火般地要我"回报以歌"，我哪里有歌可唱？

回望来路，我不也有过许多"无歌可唱"的时刻吗？

我曾经是个不会消化痛苦的人。何止是不会消化，简直就是个痛苦的"放大器"。那一年，生活给了我一滴海水，我却以为整个海洋都被打翻了，于是，我的世界也被打翻了，我浑身战栗，却哭不出来，仿佛是，泪已让恨烘干；后来，生活又给了我一瓢海水，我哭了，却没有生出整个海洋被打翻的错觉；再后来，生活兜头泼过来一盆海水，我打了个寒战，转而告诉自己，这不过是一盆海水，再凶狂，也淹没不了岸；终于有一天，生活打翻了海洋给我看，我悲苦地承受着，却没有忘了从这悲苦中抬起头来，对惦念我的人说"我没事儿，真的"……

任何人，都不可能侥幸获得"痛吻"的豁免权。"痛吻"，是生活强行赠予我们的一件狰狞礼物，要也得要，不要也得要。只是，当我站在今天的风中，回忆起那一滴被我解读成海洋的海水的时候，禁不住发出了晒笑。好为当年那个浑身战栗的自己难为情啊！如果可能，真想将自己送回岁月深处，让自己怡然倚在那个"一滴海水"事件上洒脱地唱上几首歌。

唱歌的心情是这样姗姗来迟。虽则滞后，但毕竟有来的理由啊；我更担忧的是，当"理由"被砍伐尽净的时候，我们的歌喉，将以怎样的方式颤动？

从不消化痛苦到消化痛苦，这一个比一个更深的悲戚足迹，记录一个人真正长大的过程。

世界以痛吻我，要我回报以歌。说这话的人是个被上帝亲吻过歌喉的伟大歌者。他以自己的灵魂歌唱。而拙于歌唱的我们，愿不愿意活在自己如歌的心情之中呢——不因"痛吻"的狰狞而贬抑了整个世界；学会将那个精神的自我送到一个更高的楼台上去俯瞰今天那个被负面事件包围了的自我；不虐待自我，始终对自我保持深度好感；相信歌声的力量，相信明快的音符里住着主宰明天的神；试着教自己说：拿出勇气去改变那能够改变的，拿出胸怀去接受那不能改变的，拿出智慧去区分这两者。

不仅仅是如歌的心情，我们甚至还可以奉上自己的"行为艺术"啊！永记儿时的一个夏天，我和妹妹外出突遇冰雹，我们慌忙学着别人的样子脱掉外衣，却不约而同地去对方头上遮挡……世界"痛吻"着太多的人，当你想到分担别人的痛苦的时候，你自己的痛苦就会神奇地减淡。

盼着自己能够说：世界以痛吻我，我要（而非"要我"）回报以歌！

——天气多好哇！连花儿都想唱歌了呀！真想问问远方那个说自己"无歌可唱"的女孩：宝贝，今天可有唱歌的心情？

| 今天天鹅不想飞

　　和朋友一道去"鸟语林"，很晚了才回家。先生问：今天玩得开不开心？回答说：也开心，也不开心。先生细问原委，便告诉他说：开心，是因为看到了鹦鹉在游客高举着人民币的手臂森林中聪明地认出并叼走了仅有的一张百元大钞，还看到了饲养员指挥着一群灰鹤跟着《东风破》的节拍翩然起舞；不开心，是因为所有的天鹅全都"罢飞"了，任凭怎样用树枝轰、用食物逗，它们就是不飞！不飞！哼！

　　先生笑了。说：谁规定的天鹅一定飞给你看呀？它们有选择不飞的权利。别总是以自我为中心，觉得飞鸟游鱼一定得按照你欢喜的样子表演给你看。鹦鹉叼百元大钞的时候，你很开心，可它未必开心；灰鹤被迫跳《东风破》的时候，你很开心，可它未必开心。只有天鹅，它选择了一个开心，你却因此而不开心。上帝创造他的花园时候，原是想让万物都成为中心的———个生命，按照自己的意愿开心地活着，并且，和其他生命发生着美好的联络。可骄傲的人类，却违背了上帝的意志，错以为世界仅有自己这一个中心，他要花以自己喜欢的姿态开放，他要果以自己喜欢的样子生长，他要鱼省略掉必要的生命环节，他要鸟按着他的吆喝声飞起或降落……他想指挥一切生灵，他想让所有的生命都来讨好他、取悦他。你记着，当世界被扭曲的时候，人类也已畸形。

听着先生的说教，我那被天鹅惹恼了的心渐渐平复下来。其实，在我内心深处，还有一个更卑污的念头，是我羞于对先生明言的——今天去"鸟语林"聆听鸟语，原本是我提议的。当初有人反对，我以"我曾在鸟语林目击了天鹅飞！"为由说服了反对者。大家于是跟了过来。天鹅不飞，我便感觉甚失面子。我带着一份可耻的羞恼，背着饲养员去轰那些不争气的天鹅，但是，它们硬是抗议般地鸣叫着，弃我而去。

——坦白地讲，我的火气其实并不仅仅来源于气恨天鹅的不懂得阿顺或献媚，我的火气更来源于自己骄横的虚荣心。我不允许在我郑重"预告"了天鹅飞之后天鹅却集体"罢飞"。天鹅飞起来是美丽的，我很愿意说自己本是希望和朋友分享这美丽的；可在那焦灼的一刻，我甚至宁肯天鹅为我们表演世间最丑陋的飞翔——只要它肯飞，只要它肯遵从着我的意志 "show" 给我的朋友们看。

没有去想，天鹅们是否也有个约定，它们打算利用今天的时间回忆飞、总结飞、设计飞、拟想飞……

——今天天鹅不想飞，那么，我想，上帝一定会微笑着，准许它们散步。

| 你和自己的事

他说：建校 100 周年，一个校友捐了 20 万元，带来了一群记者，前呼后拥，拍照采访，怕不热闹；一个校友捐了 300 万元，死活不让披露姓名，要求在捐赠方栏里写"笑由"——微笑的笑，理由的由，就是"校友"的意思。前一个，不高调不心甘；后一个，不低调不心安。都很真实。

这件事让我想了很久。我反感用 20 万元买英名，也不太赞同隐姓埋名扔下 300 万元就跑。但我猜后者一定有隐忧，不露富，相当于给自己"买安全"吧。

有个女孩玩"快手"，每天不拍别的，只拍笑，有时还直播笑。千娇百媚的笑，倾国倾城的笑。她一笑，动辄十万加的点赞量。直播时，更是一笑值千金。当然，她长得确实美。

有个文字功夫了得的朋友，写公众号。每次读，都觉得她当审计员实在太屈才。然后就逗她：该提拔你去当售货员啊——卖文字的那种。她大叹：你看我的文章才有几个读者？上百了就值得喝一杯。我说：都一样，我的也好不到哪里去，你媚俗，俗才媚你，你不媚俗，俗凭什么媚你呀？

话虽这样说，我心中依然有不平。

直到读到庆山的一段文字，我才豁然开朗。

庆山说，写作意味着存活，当人写出文字，它们在时间里生长；当读者阅读并记在心里，文字在流动的载体之中实现能量的呈现，它不会熄灭。所以，写作，就是"在他人的心识中实现一种不死"。

庆山以为，读者多寡，是他人的事情，而写作行为，"是自己的事情"。

在庆山眼中，写作本身就是自度，若它兼具了"度人"的功能，那就令人大喜过望了；何况，文字之火，还有薪尽火传的特质。想通了这些，写作本身就成了一种加冕。

那衣锦夜行般的 300 万元捐款，是不是也可以作如是观：那是自己的事情，与他人无关。

从"你看我"，到"我看我"，乃是"精神自我"从爬行到直立行走的过程。

　　说到底，尘世间所有安妥灵魂的事，无不是你和自己的事，而你和自己的事真的没必要搞得众生喧哗，人间骚动。倘若你想敲锣打鼓放鞭炮并动员他人鼓掌欢呼吹口哨高调庆贺你的自度，那么，你注定难得自度。

| 结彩

八岁那年，当我从开花的湛江一脚踏入姥姥的小村南旺，我一下子被一种感觉牢牢攫住。多年以后，我才懂得那种感觉叫"失落感"。

我说普通话，穿背带裤，剪娃娃头。村子里穿补丁衣的同龄人围着我，鉴赏外星人一般鉴赏我。

那个小村那么破烂，房，树，人，全都是灰突突的。一想到要在这里生活下去，我内心充满了绝望。

不料突然有一天，我对小村的好感海啸般狂涌而来！那天早晨一推门，我看到满世界一片白！我兴奋地爬上梯子，举目四望，小村，就像被雪埋了一般！

我大叫起来，把姥姥姥爷吓得不轻（此后他们多次跟人描述起我的那次纵声大叫，结论是：这孩子疯乎乎），当他们得知我是为雪而叫时，他们对我的少见多怪嗔怪不已。我冲进院子中央，一屁股坐在雪地上，开始疯狂扬那些雪粉。

更美的还在后面呢。

春节到来前，这个破烂的小村居然要结彩！舅舅跟一些大队干部用方形的、下面剪成锯齿状的毛头纸印了红的、粉的、黄的类似晕染的花儿，再将这些彩纸扯成一串，在村里挂得到处都是。

——村里人管这叫"吊挂儿"。

小村被雪宠得粉妆玉砌，再给这些迎风招展的五彩"吊挂儿"一衬，好似童话世界。

头上是美美的"吊挂儿"，脚下是美美的雪，中间是穿着国民大花袄的我。大概，那就是我的第一堂关乎美的"启蒙课"了吧。

小村丑了一年了，在春节到来前，天也打扮它，人也打扮它。它欠你一年的美，一下子还清了……

后来，我离开了小村。再后来，我牵着儿子回到了小村。

一路上跟他讲雪，讲"吊挂儿"，把他的兴致调动得老高老高。但当小村横陈于我们面前时，我呆了。

小村，比我初见它时那一派灰突突又难看了数倍。我八岁时见到的它，起码空气还是清爽的；儿子八岁时见到的它，空气中弥漫着呛鼻的气息。

"吊挂儿呢？那是吗？"儿子指着一棵树问我。

隆冬时节，那树上垂挂着许多黑黢黢的絮状物，有长有短，迎风招展。那分明是一棵枣树，枣树上怎会长出这怪怪的东西呢？我问表弟那是什么，表弟说，村子里的人们"开花"（制作再生棉），树上挂的是飞起来的棉絮。

通过表弟介绍，我知道了"开花"的原料竟多是牛仔布！为牛仔布褪色会产生大量污水，这些污水排到地下，地下水也受到了污染，所以，村子里的人都买矿泉水喝。我说：啊？！那怎么行呢！表弟误以为我是说矿泉水成本太高，他笑笑说：没事，"开花"跟抢银行差不多，一个晚上就能赚大几千。

我问表弟：过年还挂不挂"吊挂儿"呀？表弟嗤之以鼻地说：谁还挂那个呀！土死个人……

这个小村确实"洋气"了不少，许多人家住上了小洋楼，大姑娘小媳妇都竞相买貂皮大衣，大龄"剩男"也有人上门提亲了。

可是，小村的模样却变得狰狞起来。

我一度不敢让小村在我思念里过久停驻，我怕自己会焦虑。

去年春节，看表弟发的"快手"，居然看到了久违的"吊挂儿"！我问表弟：怎么又把这土死个人的东西挂起来了？表弟说：这不闹疫情嘛，搞得人心惶惶；挂上这老辈子里传下来的东西，心里还有点依靠，都觉得它能辟邪。我问起"开花"的事，表弟说：早没人干那个了，那是挣绝户钱呀！

最近几天又有老家封城的传言，我问表弟封村了没有，表弟说没有。我又问他今年还挂不挂"吊挂儿"，他说：肯定挂呀！不挂人们不干！

——小村，兜了一个大圈，又回到了原地。被嫌弃的"吊挂儿"，如今又回来了。

我终于长长舒了一口气。

小村里的人们，在贫穷面前困窘过，在金钱面前狂妄过，在疫情面前惊惧过，他们叹着气，一根根拔出自己亲手楔进肉里的刺，再从安抚过生命的古老图腾里寻求救赎。

他们重新拾起了被自己亲手抛掷的东西。他们要通过结彩，接通顺遂，接通吉祥。

——结彩，是一种感念，更是一种祈愿。感念岁月无恙，祈愿祥和依然。我亲爱的小村啊，愿你年年送丰收喜讯，愿你岁岁传结彩佳音……

| 半空与半满

　　我手擎半杯水，问自己，它是半空，还是半满？按照张爱玲的说法，悲观者称其为半空，乐观者称其为半满。我是个矛盾体，我可以上一刻称其为半空，下一刻称其为半满。

　　我对一杯水"全空"的恐惧始于八岁。那时，我跟姥姥姥爷在一起生活。那是个寻常的黄昏，姥爷不在家，我家院子里的紫茉莉开得正好。突然，我小脚的姥姥摔了一跤！我目击了她摔倒的整个过程，跑过去拉她，她甩开了我的手，死活不让我拉（后来我才知道，村子里有个讲究：老人摔倒了要自己起来，被拉起来不吉利），不拉就不拉，那就由她自己起来好了。她挣扎了老半天，也没能站起来，绝望地侧伏在地上大哭起来！我吓得哇哇大哭，又执意拉她起来，她索性没有了起来的意思，哭，数落着哭，叫着她的亲娘，埋怨她亲娘怎么就那么狠心，怎么就不来管她……我无比惊恐地看着她摇着满头白发不管不顾地哭，突然害怕她就这样哭死过去，于是我疯了一样奋力地去拉她，任她怎样掰我的手，搡我，我就是不撒开，一直与她僵持到了姥爷回家……

那次惊吓，帮我完成了对生命无常的最初认知。我知道，我经常挂在嘴边的"万岁"是不存在的。每一个人，都终将迎来杯子"全空"的那一天。

分离的痛

竟趁着拥有

来啮我了

这是我十九岁那年写下的诗行。那一年，我在宣化读大四，想到即将到来的毕业，一下子对那个被称作"村"的大学涌上一股温柔的依恋。我忧郁地对自己说："快好好看看这不乏美感的风中的树吧，以后，你会怀念它的。"那是一棵卷发的柳树（我在心里这样叫它），狂野的风撩着它卷曲的枝条，参差飘舞，仿佛发狠要替它将那卷发拉直，让人忍不住生出把那卷发拢住的冲动。

那棵树，果然成了我后来怀恋的坐标。一想到宣化，那棵树就抢先成为我思绪的落点。我在心里替它拢着飘飞的卷发，问它：小卷毛，你还在被那狂野的风劲吹吗？

在人生的杯子"全空"之前，一次次的离散，又何尝不是倾杯的预演？

我是个敏感脆弱的人。因为有了童年时对死亡的惊惧拟想，有了青年时对离散的刻骨忧伤，我总梦想着把每一个奢侈拥有的日子都过出非凡声色，不枉它跟我一场。

所以，当我说"讲课时，我就是世界的中心"，你不要以为我口吐狂言，我只不过是想用那一刻高质量的存在拼死抵御那"流光抛人"，抵御那"杯水易倾"；当我说"我用写作挹取逝川之水"，你不要以为我心高气傲，这只不过是一个有点神经质的人为了证明她活着的结绳记事，也约略等同于拿木棍在土墙上下意识地留下一道划痕。

恋爱时，喜欢折一条柳，一叶叶地往下扯，它们的名字分别叫"爱""不爱"，如果最后那片叶子是"爱"，可以莫名欢喜好久，仿佛这简陋的占卜竟可以洞穿恋人的心；今天，当我折枝在手，我不再说"爱""不爱"，我会说"人间值得""人间不值得"，如果最后一片叶子是"人间不值得"，我的心也不会因此而阴郁，我会微笑着告诉手中的叶片：你错了。

半空，是促我疾步快行的；半满，是令我缓步徐行的。因为恐惧过、忧郁过、焦灼过、思虑过、掂量过、不甘过、努力过、满足过，所以，我不会对着那半空饮泣，也不会对着那半满窃喜。悲观或乐观，对我都已不重要，重要的是，我有了享受这半空或半满的能力。

——人间值得，我来印证。

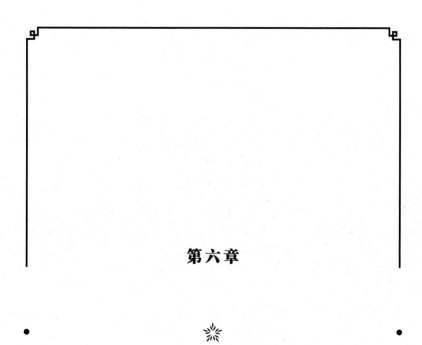

第六章

美人尺

精神灿烂

凡清代画家石涛看得上眼的书画，定然符合他给出的一个标准，那就是——"精神灿烂"。

自打这个词语植入我的心壤，我发现自己几乎依赖上了这种表达。看到一株树生得蓬勃，便夸它精神灿烂；看到一枝花开得忘情，也赞它精神灿烂；在厨房的角落，惊喜发现一棵被遗忘的葱居然自顾自地挺出了一个娇嫩花苞，也慨然颂之精神灿烂。

在清末绣娘沈寿的艺术馆，驻足精美绝伦的绣品前，我一下子就明白了，为何这个女子能让中国近代实业家张謇为她写出"因君强饭我加餐"的浓情诗句，她将灿烂之情交付针线，那细密的针脚里，摇曳着她饱满多姿的生命。她锦绣的心思，炫动烂漫，无人能及。

学校的走廊里挂着一些老照片，尤爱其中一幅，青年学生在文艺汇演中夺了奖，带着夸张的妆容，在镜头前由衷地、卖力地笑。我相信，每一个从这幅照片前经过的人，不管揣了怎样沉沉的心事，都会被那笑的洪流不由分说地裹挟了，让自己的心也跟着泛起一朵欢悦的浪花。

　　美国著名插画家"塔莎奶奶"最欣赏萧伯纳的一句话："只有年少时拥有年轻，是件可怕的事。"为了让"年轻"永驻，她不惜花费 30 年的光阴，在荒野上建成了鲜花盛开的美丽农庄。她守着如花的生命，怀着如花的心情，把每一个平凡的日子都过成美妙童话。满脸皱纹如菊、双手青筋如虬的她，扎着俏丽的小花巾，穿着素色布裙，赤着脚，修剪草坪，逗弄小狗，泛舟清溪，吟诗作画。她说，下过雪后，她喜欢去寻觅动物的足迹，她把鼹鼠的足迹比喻成"一串项链"，把小鸟的足迹比喻成"蕾丝花纹"。92 岁依然美丽优雅的女人，告诉世界，精神灿烂，可以击溃衰老。

　　在石涛看来，"精神灿烂"的对面，颓然站立着的是"浅薄无神"。我多么怕，怕太多的人被它巨大的阴影罩住。我们的灵魂情态，我们的生命状态，一旦陷入这样的泥淖，它所娩出的产品（无论是精神的还是物质的）定然是劣质的、速朽的、甚至是富含毒素的……

　　相信吧！一个精神灿烂的人，可以活成一座花园；一个精神灿烂的群体，可以活成一种奇传。

｜　秋窗风雨夕

　　当年读《红楼梦》，爱到心头滴血的诗，竟不是《葬花吟》，而是《秋窗风雨夕》。

　　清楚地记得，我逐句查数过全诗中哪句带了"秋、窗、风、雨"四字中的哪一字；并且，我用心地背诵过它；每年一到秋雨连绵时节，心里一准会吟诵起"秋花惨淡秋草黄，耿耿秋灯秋夜长，已觉秋窗秋不尽，那堪风雨助凄凉……"所以，于我而言，真正的秋风，不是打从夏末吹来的，而是打从《秋窗风雨夕》的字里行间丝丝缕缕汇聚而来的。

　　及至后来，听到王立平为《秋窗风雨夕》谱的曲，欢喜得紧。只听了一遍，就差不多会哼唱了。

　　记得王立平曾说过，曹雪芹在《红楼梦》中几乎把什么都写清楚了——建筑、家什、花木、衣饰、饮食……唯有音乐，"一个音符都没有"，只能"无中生有"地创造。凭空为《红楼梦》中的十几首诗词谱曲，又要谱到每个"红迷"的心坎上，谈何容易？但是，王先生说，只要能将自己的名字与曹公的名字并写为"曹雪芹词，王立平曲"，"上刀山、下火海，也值了！"

他哭着、笑着、疯着、魔着，整整写了四年……

曹诗与王曲，契合度那么高。以至于让我觉得，《红楼梦》问世二百多年来，一直是天缺一角，直到等来了"把全部才华都献给了《红楼梦》"的王立平，我们头顶那胭脂色的穹隆，才真正完满起来、嫣润起来。

如果说王立平是曹雪芹的知音，那么，陈力就是曹、王的知音。不能是李力，也不能是赵力，必须是陈力呀，还必须是那个时期的陈力呀。

王立平焚心泣血地把曲子谱好了，却苦于选不出能完美地演绎它的歌手。在否定了众多专业歌手之后，他寻到了名不见经传的长春一汽业余歌手陈力。当时的陈力，忍受着丈夫去世的悲恸，接过了这一宿命般的重任。她练唱时，女儿无比气愤，甚至气到不再跟妈妈讲一句话。因为在女儿看来，妈妈是万不该在此时唱歌的。女儿哪里知晓，妈妈是把寸断的肝肠都揉进歌中了呀……

一个是泣血成书。

一个是泣血成曲。

一个是泣血成歌。

三个泣血，其实都是在为林妹妹泣血。这些"泣血"撞在一起，使得悲戚惨淡的《秋窗风雨夕》具有了惊魂掠魄的力量。

尘世间，唯有具备"灵魂相似度"的人，才可能真正彼此读懂。精神的血缘，可以跨越时空，将失散已久的亲人，紧紧绾结在一起。

秋雨中，我打了个寒战，《秋窗风雨夕》旋即从心底姗袅而来。仿佛是，它一直蛰伏在那里，从去年秋天，一直蛰伏到今年秋天，只等我一个寒战，它就携着比秋雨更寒的秋意，侵蚀了我，浇熄了我，捣碎了我。

"谁家秋院无风入，何处秋窗无雨声？"这"砭人肌骨"的秋风秋雨，它是来偷取人心上的青葱绿意的呀！吟唱一回《秋窗风雨夕》，我的生命就飘逝一缕。今秋这个吟唱的我，已不再是往岁那个吟唱的我……床榻间辗转难眠之际，耳畔是高一声低一声的《秋窗风雨夕》。我想跟这入骨的纠缠说声"再会"，然而，不能够的。它们抚遍我的周身，潜入我的三万六千个毛孔，令我于寒彻中顿然洞悉了尘世之纷扰——素日看重的，此刻想要撇弃；素日看轻的，此刻欲拥入怀。

一个好的作品，真真具有宗教般的伟力啊！

后来，又听了吴碧霞、郑绪岚、童丽、本市歌星们演唱的《秋窗风雨夕》。几乎每个人，只要唱到第一句"秋花惨淡秋草黄"的"草"字时，我就忍不住叹气了。陈力口中的那个"草"字，能黄到你心尖上、枯到你眉睫间；而她们口中的那个"草"字，或炫技、或蛊溺、或狎昵、或甜腻……唉，唱惯了甜歌的妹子，贸然尝试这苦郁的歌，又有那陈力在上，这不是自毁的节奏么？

悲的力量其实是远大于喜的力量的。《秋窗风雨夕》带给我的痛感以及痛感后的审美快感，是《春江花月夜》之类的诗所永远不能给予我的。

秋了。我看见许多音符，都随秋叶一同零落成泥了。而那风中兀自摇曳的一枝，愈显得风致旖旎。——听哦，是谁叩窗，向你嘘寒……

| 脚窝里开出的花朵

　　最初接触白居易的《琵琶行》时，我还是个十二三岁的孩子，无端地，竟把他想象成了一个穿长衫的男子，临风伫立于浔阳江头，握了满把大大小小的珠子，往一个碧绿的玉盘中撒，撒。后来终于读懂了这首绝美的诗，却无论如何抹不掉脑海中这个错误的景象。再后来，我站在讲台上给我的学生们讲这首诗，讲到"大珠小珠落玉盘"的时候，我常忍不住浩叹，我跟学生们说：如果你的耳朵不被这样的脆响灌满，你就没有办法领略琵琶女弹奏技艺之高妙。他们不知道此刻的我唇际正漾着一汪笑，我在笑自己在这首诗中那个稚气的迷失。

　　白居易对有声之声写得如此精妙生动，对无声之声的描摹更令人叹服，他说"此时无声胜有声"，在声音的空白处，他的耳朵听出了一万朵花开！自打他对无声之声做了如许描摹，千载而下，他的身后崛起了一代又一代驾轻就熟地引用着这个诗句的幸福的人儿。一个生生不息的句子，为多少静默的时刻代言！当你信手拈来这个神奇的句子，把它恰到好处地插入你的某种表达当中，你会不会向岁月深处感恩地回眸，向那个才情傲世的诗人颔首微笑？

那么多容易被人忽略的声音，都被白居易纳入了耳鼓，摄入了心屏，挑在了笔端——

白居易笔下的"夜雨"是这样的：

早蛩啼复歇，

残灯灭又明。

隔窗知夜雨，

芭蕉先有声。

瞧，他连一只嫩嘴的蛐蛐叫一阵子歇一阵子都清晰地分辨出来了！雨前的风，逗弄得残灯时明时灭，诗人并不曾伸手于窗外探察雨点，却敏锐地听到了芭蕉叶上雨儿的足音！

白居易笔下的"夜雪"是这样的：

已讶衾枕冷，

复见窗户明。

夜深知雪重，

时闻折竹声。

雪来了，它没有像雨那样激动地在芭蕉叶上跳舞，而是悄悄地从你的衾枕上偷走了一点温热，从你的窗纸上涂掉了一层晦暗。你真切地得知雪之大，雪之重，还是竹枝殷勤相告的呢！静夜中折竹的响动，惊扰了诗人的幽梦，于是诗人开始在这不寐的长夜中苦觅新诗的韵脚。

浔阳江畔的珠玉之声，就算被我曲解了，也错出一段美妙的歧韵，至于那越窗而来的雨雪之声，更是让我生出了比珠玉还温润的怀想。因为心静，所以耳喧。如果让我试着说说这些诗的效用，我可能会说：安神，解乏，镇痛，疗伤。在浮躁追击着每颗无辜的心灵的今天，你想象不出，我多么愿意听珠子撞击玉盘时的绝响，多么愿意听深夜雨雪行经芭蕉或竹枝时的妙声，多么愿意听"别有幽愁暗恨生"时那无声的心曲。这些声音在白居易之前就在那里存在着，却被太多太多的人忽略，若不是白氏用生花的妙笔救起这些声音，我们的耳朵怕也会在它们面前失聪的吧？世界造就了这样一种人，给黯淡以色彩，给喑哑以声响，给沉寂以灵动，给腐朽以生机，他从自己的眸中挹出一些光亮来赠给你，他从自己的耳中摘下一些声音来赠给你，他是诗人，他揣着一颗珍贵的诗心在寻常的日子里行走，在他的身后，脚窝里开出了不败的花朵。

今天，我的耳朵里充斥着机器的噪音，我不敢宣称我想回到唐朝，我不敢宣称我想追随着白居易的耳朵去幸福地听。我只愿哼着歌子，为白居易的诗做一个漂亮的"flash"，发给我天南海北的朋友，让他们在噪音中遁入一小片安宁，随着白居易去听，去想……

人间一阁

中国文人，喜欢一厢情愿地将一些从未涉足的远方引为"精神故园"。于我而言，滕王阁自然算是一个。

跟多数人一样，我是在王勃的文章里认识的滕王阁。不是在初中课堂，不是在高中课堂，是在大学课堂。

那一年，我17岁，读大二。在古典文学课堂上，初识那"人间一阁"。

深深刻在脑子里的，竟不是"落霞与孤鹜齐飞，秋水共长天一色"，而是"酌贪泉而觉爽，处涸辙以犹欢"。

脑子里有挥之不去的一幅画面，不是觥筹交错，不是逸兴遄飞，而是一个着长袍的年轻男子，独坐高阁，双眉紧锁，却做豁达状，长吟"酌贪泉而觉爽，处涸辙以犹欢"。

老师讲：贪者饮贪泉，越发助其贪；廉者饮贪泉，难撼其正念。

后来我知道，有个东晋刺史曾为贪泉赋诗一首，道是："古人云此水，一歃怀千金。试使夷齐（伯夷、叔齐）饮，终当不易心。"

唉，可怜的"贪泉"，无故背负千古污名！

孔子不饮"盗泉"之水，因为"恶其名也"，其避恶远秽、坚守节操被一代代人称颂；王勃敢饮"贪泉"之水，人香不怕泉名臭，千载而下，愈发令我钦仰之至！

还有那句"处涸辙以犹欢"，更令我惊讶得紧。喂，勃，你都"处涸辙"了，还有啥"欢"的缘由？难道，你是个愚夫笨伯吗？高阁之上的王勃听不到我的诘问，依旧自顾自地"欢"着，欢了这么久、这么久。

莫名心疼着这个"饮贪泉、处涸辙"的男子，心疼了小半生。

当一纸邀请函落于案头，我突然迎来了亲近人间一阁的契机！且不是一般的游览，而是在滕王阁前和三百余名师生共诵《滕王阁序》！

嘿！我能想到最浪漫的事，就是和你在滕王阁前朗诵《滕王阁序》！

人间一阁，怀揣万千风流往事，迎来三百多名服装统一、手持旗帜的"精神血亲"。

当苏轼手书的"滕王阁"三字入目时，我不由泪涌。

三百多人，要"分任务"朗诵。惜乎我分到的任务当中没有我最钟爱的那两个句子，但，这又有什么关系呢？没有人能管得住我从头至尾一句不落地背诵一遍！没有人管得住我在背到我最钟爱的那两个句子时狠狠用力！哈哈，哈哈，哈哈哈！

赣江在我们脚下激动奔涌，"瑰伟绝特"的滕王阁上，可有那长袍男子在倾耳谛听？如果活到今天，已然1373岁高龄的他，在我心中依然是26岁雄姿英发的样子啊！你这个自称"三尺微命"的"一介书生"，听到穿越千载的震天嗥诵了吗？

我想，纵然当年那个17岁的大学生再善于驰骋想象，她能想到有一个这般美妙的场景在未来的时光里悄悄等待着她吗？

我在发给朋友的微信上写道：跑了三千里地，凌晨四点即起。站了百余分钟，"值得"说了万句！

请允许我带走这一刻的光辉，令它烛照我从今往后的黯淡岁月吧！

回程的飞机上，我旁边坐了一个高中生，一直在闷头做数学题。我努力克制自己，才没有对他说：孩子，别做数学题了，不如咱俩一起背诵《滕王阁序》吧！你知道，我从滕王阁来，耳蜗里还回荡着赣江的涛声呢……

| 七瓣莲里的人生

"二十文章惊海内。"人们这样评价你。

对于你，我曾试图读懂，但却难以读懂。你的生命，被赋予了太多灵慧——你诗词了得，绘画了得，篆刻了得，音乐了得，戏剧了得。你怀着一颗恭肃的心，侍弄自己挚爱的文学艺术。读书、作画、弹琴之前，都要净手。你说，音乐是所有人的灵魂圣水；你第一个把光与影请到中国的画纸上；你束起腰，就能反串玛格丽特；你写的歌，我的母亲、我和我的孩子都喜欢唱……似乎随便哪碗饭你都能吃得很硬气——在任何一个领域里你都不屑浅尝辄止。但是，三十九岁那年夏天，你亲手打翻了所有的饭碗——你剃度了。

我一直为你遗憾呢。

这一天，我来到你的家乡平湖。听着当地人难懂的话，忍不住要学两句——你是这乡音哺育的赤子啊。来不及去宾馆放下行李，就央司机将我载到了你的纪念馆——"东湖"粼粼波光之上的一朵硕大莲花。七瓣莲里盛放的，就是你至丰至俭的一生了。

那在凉凉的石中"悲欣交集"着的，可是你？

擎着一枝焰火般盛开的"彼岸花"，耳畔回响着《送别》那哀婉凄美的旋律，我向你致意。我一瓣一瓣地寻觅你的心踪，我一瓣一瓣地熏染你的心香。半世的潇洒，都被框在泛黄的照片中了。我看到那个为你剃度"助缘"的居士了，他的一句戏言，却被你认了真。进入一个全新的境地之后，你觉得自己脱胎换骨了，遂想到老子的那句"能如婴儿乎"，竟毅然为自己取了新名——李婴。

就这样，你删繁就简的愿望，仿佛塘中一支荷箭，不可遏抑地挺出来，挺出来。

"代苦"。这两个字是你用朱砂写的。血一样的颜色，那么触目惊心。你说，你宁愿独自担当世间的苦；又说，为了让世人少受苦，你宁愿受尽世间所有的苦。——造物主强行将"苦"这种东西分摊给他的子民，芸芸众生，谁个不是避之唯恐不及？而你，反希望多讨要一些，你愿替世人代受了那苦。

我难以挪步。

两万多个日子前，你说了这样一句话；两万多个日子后，我才听到你的声音。可我决意在这一帧字前当真放下些心中的苦，交由你"代"了去。我相信你不会厌烦，反会颔首。——你知道吗，当这个念头甫一浮上来的时候，我心中的苦，就已减了大半。

你的抚慰，即便隔了数万个日子，竟也这样奏效。

我曾在课堂上讲你的故事——为了让椅子上那肉眼看不见的小虫（或许竟是凭空想出的虫吧）免于被压得毙命，你坚持在落座前摇一摇椅子，以期让它们有机会逃走。孩子们听罢大笑起来。我眼中却蓄满了泪水……

有"代苦"之心的人，活得多么苦。"老实念佛"，过午不食，你以清瘦之躯供奉着一颗丰润禅心。如果我在这一帧血红的"代苦"面前还为你亲手打烂了一个个世俗的"饭碗"而叹惋，你定然会朝我投来失望的目光。

弃甜，原是你向"代苦"迈出的必然一步。

——这个叫李叔同的人，足以让所有"贪甜"的人汗颜。

挥别之后，回望粼粼波光之上那别致的七瓣莲建筑，我竟然相信，莲花之下，有藕茁长……

我见青山多妩媚

办公室的窗，衔一脉青山。

忧悒的时候，我引自己伫立窗前，游我之目，骋我之怀。

常想那稼轩，一定是在孔子"甚矣，吾衰也；久矣，吾不复梦见周公"这个悲凉的句子中怅恨良久，尔后扪着一颗衰朽的心，喃喃自语："问何物，能令公喜？"——是呢，披阅了太多的春风夏雨秋霜冬雪，"喜"的门槛，被岁月一再偷偷筑高，再不似儿时，一只蚁虫就可以轻易驮走满心的不快不爽。

稼轩抛出的问题，自然要由稼轩来作答。

穿越时空的烟尘，我看见长衫飘飘的词人，指点着凝翠的青山对我微微颔首。我听见他得意地吟唱道："我见青山多妩媚，料青山见我应如是。"

我喜欢听这家伙对"青山"情人般的不吝赞美之词，更喜欢他多少有些跋扈的痴愚猜想——他竟张狂地以为，他眼里青山有几多妩媚，那青山眼里的他就有几多妩媚呢！

窗前的我，险些要被这个在心里千回百转的句子逗弄出新鲜的笑，连忙掩了口。——是担心这笑会冒犯了意兴盎然的词人呢，还是担心这笑会唐突了眼前这决然不会枉担了"妩媚"之名的青山呢？这两个担忧，一律那么美妙，美妙得让我逆流的笑一跌进心湖，就激起了层层的浪花。

开花的季节里，我单位为装点铁艺的围栏，打算制作一些宣传牌。我几乎想都没想，就率先推荐了稼轩的这两句词。如今，稼轩这两句与青山倾心"调笑"的妙词被印在一块不规则的红色牌匾上，惹得与它熟识和不熟识的人都不由在它面前停下匆遽的脚步，轻声诵它："我见青山多妩媚，料青山见我应如是。"我猜，所有在这里聆听到这词句的人全都在心里笑了，特别是，当他们诵完了这两个句子，再抬头看一眼那座用"凤凰"命名的青山的时候，他们会笑得更有韵味。从这个意义上来讲，稼轩是为改善人们的不良情绪做出了贡献的人。

我为打从这个牌匾前经过的奔驰和宝马遗憾呢，它们跑得太快了！我分明看见稼轩的词从牌匾上冲出来，毅然地去追赶它们，却被它们不屑一顾地甩在了身后。

——这座城市的人们啊，当你经过"文化路"，却没有被稼轩的词抚慰一下，我以为你是没福气的。

我有个师兄，常用手机短信为我默写古诗词，开心的时候写，烦恼的时候也写。当他把稼轩的这首《贺新郎》完整地默写给我时，我回复他说："嘿！你和老辛联手完成了一项壮举——赋予我的手机以精魄。"

"我见青山多妩媚，料青山见我应如是。"当尘世的纷扰尘屑般落满你无辜的生命的时候，让这样明媚的句子掸走那恼人的忧烦。青山没有学会辜负。葆有与青山对话的兴致是一种不浅的"艳福"。遣那个精神的自我端坐于远离尘嚣的风景中，叩山为钟，抚水为琴，揽一面妩媚的镜子，惊喜地在里面照见另一个妩媚。

我知道，只要我还会思想，忧悒就会时刻觊觎我。当忧悒来袭，不论我置身何处，我都希望自己心灵的窗衔一脉青山，我引那个不期然丢失了笑容的自己伫立窗前，游我之目，骋我之怀，字正腔圆地一遍遍吟哦辛稼轩的妙词："我见青山多妩媚，料青山见我应如是。"

| 怕它孤寂

余华笔下的福贵是个有意思的老人。他"赤裸着脊背"扶犁耕田，供他使唤的那头老牛疲惫不堪，消极的态度让他有点不满。他于是吆喝起来："二喜，有庆不要偷懒；家珍，凤霞耕得好；苦根也行啊。"旁边的人听了纳闷——一头牛竟然有这么多名字？便拿这问题问老人。老人说，这牛就一个名字，叫福贵。——可是不对呀，刚才老人分明一连说了5个名字呀！老人神秘地向疑惑者招手，想悄悄告诉他个中原委；但却欲言又止，因为他看到"福贵"正抬头看着他。他于是训斥那牛道："你别偷听，把头低下。"那牛便乖乖地低下了头。这时候，福贵老人才压低声音告诉那人："我怕它知道只有自己在耕田，就多叫出几个名字去骗它，它听到还有别的牛也在耕田，就不会不高兴，耕田也就起劲啦。"——这本是一头待宰的老牛。在新丰牛市场，面对一个霍霍地磨着牛刀的赤膊男人，它趴在地上，流了一摊眼泪。福贵不忍心看它哭，便顶着一群人的哄笑，用攒了大半辈子的钱买下了这头不中用的老牛，并和它共用了"福贵"这个名字。福贵老人把福贵老牛当成"伴儿"来对待，牵着它去水边吃草，就像拉着个孩子。他憨痴地随口叫出离世家人的名字，让老牛觉得，在不远处还有五头干劲冲天的牛正在和自己比赛呢。

丹麦作家约翰尼斯·延森也写过一个人与牛的故事，跟余华笔下的故事真可谓相映成趣——安恩是个老妇人。一天，她牵着她的奶牛来到了瓦尔普峡集市的牲口交易场。交易场上那么杂乱喧闹，安恩却多么"安闲"啊！她晒着太阳，旁若无人地织着毛袜。那依偎在她身边、用头温柔地蹭着她肘部的，可是一头惹眼的"好奶牛"，它健壮结实，皮毛干净，"浑圆的乳房胀得鼓鼓的，软绵绵、毛茸茸地垂在肚皮底下"。商人来询价了，她说这牛不卖；屠夫来询价了，她又说这牛不卖。人们有些蒙了，又问了她些"这牛已经有主了吗？"或者"这牛是你自己的吗？"之类的话，安恩一一做了回答，而她的回答令大家更加气恼——既然这头牛属于你而又不曾卖出，那你为什么高低不肯卖呢？你带它来这里，究竟是为了出出风头呢还是想拿大伙儿开涮呢？安恩老太太听了，神色慌乱起来，不得不向大家道出了实情："我的小村庄上就只有这么一头奶牛，它又没法同别的牲口在一起，所以我就想，倒不如把它带到集市上来，至少可以让它跟同类聚聚，散散心。"——居然是，她怕她的奶牛太孤寂，带它来集市看一看同类，聊以解忧！

应该说，福贵和安恩，给过我太多的精神抚慰。我天生心软，是个"畏惧无畏"的人。年幼时读古书，不明白古人为何会将残鸷之人唤作"忍人";后来慢慢懂了,原来,忍就是不动性、不动情、不动心,血液可以结成冰,肉身可以凝为铁。忍得下心,就下得去手——无视屠刀下生命的哀哭,无视樊笼里生命的哀号。"忍人"会说:动物嘛,生来就低人一等,生来就该果人腹、代人劳、分人苦、逗人欢、医人疾,动物需要个什么尊严呀!

其实,福贵的牛,宰了也就宰了,安恩的牛,卖了也就卖了,它们是断不会抗议的,也不会变个鬼、托个梦来找那辜负了它们的人纠缠不休;但是,"不忍"的人,会在心里跟自己纠缠不休的。我喜欢这两个疼牛的老人,喜欢他们站在牛的立场上去想牛。他们乐于揣摩牛的心思,怕它消沉,怕它孤寂,怕它忧伤,于是,他们就激励牛、取悦牛,跟牛唠嗑、带牛散心,把这个世界的温暖传递到牛身上。

——在"新丰牛市场",在"瓦尔普峡集市牲口交易场",福贵和安恩,还和自己心爱的牛在一起吗?

谁能读懂一只"纯真的越橘"

一个朋友的朋友，坠入人生低谷，想要逃遁，央我荐本书看。我看他说得恳切，便将梭罗的《瓦尔登湖》推荐给了他。

一晃半年过去了。再见他时，全不见了先前的黯然。我暗想：莫非，《瓦尔登湖》的功效竟如此神奇？

他向众人做了个安静的手势，闹哄哄的房间登时肃静下来。他说："在我最难熬的日子里，张老师给我推荐了一本书。是个美国人写的。那家伙从大城市里逃出来，一个人跑到湖边，过起了原始人的生活。——我说的没错吧张老师？"

他表情古怪地看着我。我点头。

他接着说："书里说了这么个事，大家琢磨琢磨。说有个诗人，去了趟田园，写了几首关于田园的诗，就觉得占有了那田园；农夫却觉得，田园里的瓜果属于自己，奶牛属于自己，自己才是田园真正的占有者。你们觉得，谁才是那田园真正的占有者？"

大家几乎异口同声地笑答："农夫呗！"

那人也笑了："可是，张老师可能就不这么认为。——张老师，你向我推荐这本书，是不是想让我站到诗人那边？但是，现实是残酷的。你只捡到几个野苹果，果园绝对不可能属于你；你在意念上挤走了人家的牛奶，并且提取了牛奶中的精华成分——奶油，可是，人家牛奶的品质却并没有因此发生丝毫改变！我觉得，那个诗人，太过阿Q了。毕竟，谁都不可能生活在真空当中。这个梭罗，看看还可以，绝对学不得！"

后来我才知道，此时的他已非彼时的他——人家又"春风得意马蹄疾"了！

我为向他荐书的事而懊恼，更为向他荐的居然是《瓦尔登湖》而格外懊恼。

——请书中的"诗人"原谅。有些人，确实不适合和你站在一起，看你把田园最珍贵的部分"押上韵脚"，再用"一道最可羡慕的、肉眼看不见的篱笆"幸福地将那田园圈起来。他们会以为你的脑子出了问题。

一个"物质控"，不可能真正读懂梭罗。当豪宅、名车的诱惑高于一切的时候，你让他走进梭罗寒酸的湖边小屋，他只会觉得这是一个天大的笑话。

梭罗说："没有一只纯真的越橘能够从城外的山上运到城里来。"一些人听了这话，一定会觉得梭罗又在胡说了——不就是一只越橘吗？我有的是钱，我不惜空运！仅仅几个钟头甚至几十分钟的时间，我就可以将山里那只高傲的越橘握在手中了，她的品质，根本来不及发生任何改变！是啊，你富得流油，你有这样折腾的权利；但是，你永远读不懂一只"纯真的越橘"的拒绝。你不可能看到，在你强行掠她出山的时候，她固执地捐弃了自己的一缕芳魂。只有她自己清楚，她的生命，发生了多么可怕的损耗。她只肯让你得到一种食物，不肯让你得到一只真正意义上的越橘。在你和越橘之间，有一道用钱币垒砌而成的厚障壁，你在这一边，越橘在那一边。就算你把一只看似完美的越橘如愿以偿地摆到自家的几案上，你所占有的，也不过是一只越橘的空壳。

诗人带走了一个精神的田园。

越橘留下了一个精神的自我。

生命中一些珍贵的获取，往往与金钱没有任何关联；生命中一些抵死的坚守，可能在视界之外进行。有人说，梭罗是瓦尔登湖的情人，是大自然的情人，他"简单而馥郁"的一生，是一个常读常新的美妙寓言。那些脚脖子上坠了沉甸甸黄金的人，注定走不到遥远的瓦尔登湖畔；那些耳朵里灌满了闹嚷嚷市声的人，注定听不到云雀的高亢的欢歌。

| 一眼千年

坐在从唐山开往石家庄的高铁上，邻座是个香艳少女，邻座的邻座是一对母女。被抱在怀里的孩子两岁左右，竭力号哭，哀求妈妈"下车"。香艳少女毫不掩饰自己的厌烦，不断夸张地叹气，且将身子尽量地扭向我这边。

百无聊赖的我，从旅行箱里摸出了一本书——一本名为《孩子们自己写的诗》的书。管它是啥书，只要能屏蔽眼前的哭声和叹气声就好。

一些纯真稚嫩的句子，五彩泡泡般从书页里飞了出来，我忙伸手去接，定睛看时，却忍不住笑出了声。

这是一个叫茗芝的 7 岁小女孩写的诗，题目是《狮子》——

母狮子呀
你的儿子

怎么一到城里
都变成了石狮子呀

这天籁般的诗句，大概只有孩子才能写得出。她问那八面威风的母狮子，你的儿子怎么半点都没得到你的真传呢？似乎，小女孩自己又给出了答案——儿子们进城了！进城之后，儿子们野气全无、神气全无、生气全无，它们被彻底"驯化"了，成了没脾气的狮子。它们的雄心和吼声被禁锢在石头里，甘心冰冷，甘心缄默。虽说它们温顺到任由小鸟在头上拉屎，却要靠母亲的声威为那大户人家提精神、壮门面。

——小茗芝，我的心，被你的诗俘虏了呢！

我的笑声惊动了香艳少女。她侧过脸来，狠狠地剜了我一眼。

我继续读诗。

读到黄安洋《被一脚踹飞的日子》时，我的手，翻不动书页了——

父亲腰椎出了问题
走路不得不拄根拐杖
我跟在他后面
看他一顿、一顿地走
突然很怀念

被他一脚端飞的日子

好的文字，会诱你把自己放进去。让你以为，它说出的，恰是一直困在你心中的话语 。

想起了我的小舅。每次见他，我都无比犯怵，因为，他最擅长的，就是跟你耍性子、甩脸子。他是个特别透明的人，半点都不会藏掖自己的情绪。我大舅曾这样批评他这个小弟："一辈子长不大！"如今，那个一辈子长不大的、曾被我的大学老师误以为是我同学的小舅已与我阴阳两隔，纵然我寻到遥远天边，纵然我奉上大把金钱，也求不到小舅再向我要一回性子、甩一回脸子了……

若不是那个香艳少女的放肆回顾，我竟没有察觉自己居然在哭……

我读过的诗，大概可以装满一火车了吧？许多大诗人的诗，都是过眼不过心，读与未读又有何区别？倒是这小孩子笔下纯真的小诗，一下子，搔到了我灵魂深处的痒，一眼千年，让人不敢忘、不能忘。

邻座的邻座，小女孩的哭声还在继续。孩子，纵情地哭吧，这样的真纯表达，这样的天籁之声，不久就会被上帝没收了去……

美人尺

听一位美术老师讲如何品鉴仕女图。

PPT 翻页，哇，满屏的仕女图！他微笑着问大家："喜欢这些仕女图吗？能看得出它们的优劣高下吗？"

看那一幅幅丹青，工笔也好，写意也罢，功夫都着实了得；再看那画中女子，或倚或坐，或颦或笑，或赏玩，或歌吹，都美得令人心醉神迷。我试图按老师的要求为这些画作分一下类，却又实在无从下手。

老师说："我给出一个标准，你们可以按照这个标准去操作。仕女图大致可分为三个档次：悦目，赏心，牵魂。——好，下面你们再试着区分一下。"

——悦目，赏心，牵魂。老师这把尺，给得好啊！刚才还混沌不堪，突然就云开雾散了。

我首先找到了"悦目"类的。那是一些养眼的女子，云鬓花颜，却仅有"浅表性"美丽，且又美得呆、美得冷，让你觉得，伊充其量就是个画中的人儿。你不可能生出与之亲昵的冲动。她的美，是平面的，只薄薄一层，吹拂可散。

再寻"赏心"类的。那些女子，除却容颜姣好，通身散发着温润光泽。她是有温度的，并且她的心里盛满了芬芳心事。你会忍不住猜想她的来路，猜想她目光后面摇曳着怎样旖旎的故事。她的美，是立体的，由外而内，密致坚实，光阴亦难剥蚀。

"牵魂"类的画作仅有一幅。画中女子，似人非人，似魅非魅。眉眼吊得高高的，清逸典雅，见之忘俗。风，打从她飘举的衣袂中来，轻掠你的颊。看她抚琴的手，那么生动，仿佛被袅袅的乐音缱绻地宠了，指纹中溢出水秀山清。——这女子，分明是为了入众生之梦而生。她的美，具有高渗透性，足以"映带左右"，烛照人生。

悦目的，赚走我一个眼神；赏心的，赚走我一串叹赏；牵魂的，赚走我一世怀想。

——这把尺，不仅适合衡量仕女图，世间美人，不也同样可以做如许衡量吗？

关于读书的五个忠告

　　喜欢"书生"一词。"书生""书生",为书而生。一个为书而生的人,自然应将每年的"世界读书日"看成是自我的节日。节日到来之前,照例要思考关乎读书的问题。关乎读书,本"书生"有如下五个忠告——

一、人要不读书,赛过一头猪

　　这句话,是我们的"家庭读书劝勉语"。我们的家庭,以"书香浸染全家,人人崇尚创造"为特点,荣获"全国最美家庭""全国第一届文明家庭"的称号,我本人代表全家荣幸地受到了习近平总书记的亲切接见。为了激励全家人读书,我推出了这句极通俗易懂的"读书劝勉语",目的是警醒每个家庭成员,谨防不读书的自己灵魂堕落到与猪为伍的境地。记者来我家采访,问为什么我们的家庭成员个个对书情有独钟，我回答说："我们今天所拥有的一切，几乎都是拜书之所赐；而一个人在某个方面尝到了甜头，复制，就成为了一种高度的生命自觉。"

二、你喜欢什么书，你就是什么人

我说过，我可以通过你正在读一本怎样的书，推知你是一个怎样的人——有教养的孩子不可能只爱动漫书，有学养的成人不可能捧读故事会。当你奔向书店，当你奔向图书馆，面对书籍的海洋，若让你自由选择，你瞬间就暴露的那个真实的自己。我多么担忧学生只会选购习题集，就像我担忧一个养猪大嫂只会选购《养猪大全》一样。与"功利阅读"的"稻粱谋"不同，"公共阅读"，是用来美化我们的精神的。所以，我常跟学生说，一个优秀中学生的"功利阅读"和"公共阅读"的理想比例，应该是4∶6。"功利阅读"可以让你飞得高，"公共阅读"可以让你飞得远。

三、"书中自有黄金屋"，误人误国误前途

宋真宗赵恒的《励学篇》被许多人奉为劝人读书之圭臬。殊不

知，该《励学篇》一出，一代代读书人前仆后继地奋勇拿读书"赚票子、赚房子、赚妻子、赚位子"。然而，当其读书目标得以阶段性达成之后，他就开始报复般地 "仇书"了——席卷全国的"毕业撕书"狂潮不就是一个很好的例证么？据说，犹太人有一个传统的仪式，在小孩子刚刚懂事时，在书上滴一滴蜂蜜，让小孩子去亲吻它，用这种方式告诉孩子，书本是甜的，日后要手不释卷。我们身边有多少人一旦考上大学、升了职位、遂了心愿，立刻就将书抛到一边，不再苦读。——读书，不是用来换好处的，而是用来喂饱我们的灵魂的。没有食粮，我们的肉体会饥饿；没有书籍，我们的灵魂会干瘪。书中没有"黄金屋"，书中没有"颜如玉"，书中藏着一个更好的你自己，等着你去发现。

四、不养儿不知父母恩，不著书难知读书妙

在这个世界上，最善于读书的人是谁？答：用心著书的人。俗话说：不养儿不知父母恩。养儿的过程，是体察父母恩情的过程。养了儿，瞬间就懂得了什么叫"娘坐一月罪受满，如同罪人坐牢监"，什么叫"每夜五更难合眼，娘睡湿处儿睡干"，什么叫"时时刻刻心操烂，行走步步用手牵"……用心著书的人，因为有了著书时在纸上的啼笑与甘苦，所以，读起他人的书来更能得其要领、悟其精

髓。用心著书的人，字里行间都有他的命啊，你花少许银子，就将其生命中最精彩的部分握在手中了，这是一桩多么划算的交易！用心著书的人，将心比心，明白他人写书不易，明白他人不会在书中隐匿了自己的智慧，明白好的写作者无不是吃"灵魂饭"的人，所以，他才会更懂书、更爱书、更惜书。

五、为读书而读书是一种浪费

人说："万般皆下品，唯有读书高。"我一直想将这个句子改为："万般皆下品，唯有创造高。"

读书，是一个"输入"的过程，但是，"输入"不是目的，"输入"的目的是为了"输出"。真正的读书高手，无不是创造高手。古人嘲笑书呆子为"两脚书橱"，今天，这个喻体似乎可以被"电脑"轻松替代了。若比"内存"，我们谁都比不过电脑；然而，我们傲煞电脑之处是我们可以进行创造性劳动。

不要将读书的终极目的锁定为对抗空虚、慰藉寂寥、装潢门面、赚取谈资、换取好处。读书，是为了将书中的内容与读书人同时打烂，再混合团捏为一个新的整体，从而达到书中有我、我中有书的境地。

貔貅，是传说中的一种"吞万物而不泻"的瑞兽，许多人佩戴貔貅以祈财。可是，读书最大的忌讳就是"貔貅式读书"，只有输入，没有输出。理想的读书应该像充电，充电的目的在于放电而不是自炫"满格"。

│ 人生没有错误的台词

台词

读流沙河先生的《詹詹草》，看到其中一节写道，有电视剧厚诬诗人徐志摩，竟以"流氓的想象力"乱编出台词云："梁思成可不是我的对手！"流沙河先生无比气愤地说："瞎编者生来就未见过一位 gentleman，以为徐志摩的想法同他自己相去不远。不然写不出这样一句台词。"

读到此，由不得掩卷而笑。

我自然十分赞同流沙河先生的说法。我以为，徐志摩之说不出"梁思成可不是我的对手"，正如剧作者之说不出"我是天空一片云"。隔着修养、性情与志趣的高山，去凭空揣想一位诗心绅士的情怀，这真是一桩十分危险的游戏。如此说来，剧作者遭人指斥也着实委屈冤枉。因为从某种意义上讲，他并没有念错"自我的台词"——倘若剧作者的身边也有一个"梁思成",他一定会自鸣得意地声称:"梁思成可不是我的对手!"并且,他一定不会为瞬间暴露了自己的褊狭卑俗而稍显愧色。

朱光潜先生早就教导我们说,要将人的"一言一笑、一举一动纳在全部生命史里去看"。人生没有错误的台词。即便我们慌不择言,即便我们"借"来了一张嘴,那从我们口中、笔端流露出的,依然是我们最真实的心曲。

两样

一个写诗的朋友打来电话,语气沉郁。先是盐咸醋酸地聊了一会天,然后她说要读一段新写的文字给我听——

你只想要一样,它偏要给你两样。

你只想要心跳,它连同心痛一起给了你。

你只想要浪漫,它连同糜烂一起给了你。

你只想要逍遥,它连同烦恼一起给了你。

你只想要一朵盛开的白莲花,它连同腥臭的淤泥一起给了你。

你只想要一段可以拈起来轻嗅的芬芳回忆,它连同一揭开就流血的伤疤一起给了你。

你一再强调只想要一样，它却不厌其烦地送来两样……

朋友问：喂，我读了这么多，你猜到我写的究竟是什么了吗？我擎着电话听筒，惶惑地说：我猜不出来。朋友叹口气说：那就告诉你题目好了，题目是，《任性的性》。

遇到

"我遇到猫在潜水，却没遇到你。我遇到狗在攀岩，却没遇到你。我遇到夏天飘雪，却没遇到你。我遇到冬天刮台风，却没遇到你。我遇到乌龟都学会结网了，却没遇到你。我遇到所有的不平凡，却一直遇不到平凡的你。"

我喜欢拿几米的这段文字和张爱玲的"噢，你也在这里吗？"对比着想。在生命有限的时空中，怀想一个从未出现过的人是不太可能的；那个在"结网"的小乌龟之外被甜美地怀想着的，应该是一个仅有擦肩缘分的人罢。擦肩的缘分，却偏不肯仅让它停留在擦肩上，这便惹出了淡淡的相思，浓浓的闲愁。"遇不到"的烦恼，丝一般捆缚纷扰着多情的心。

遇到了，又怎样呢？问一声"噢，你也在这里吗？"怜惜的声音，恍若从天外传来，抚弄着琴弦般敏感的心。寂寞的心怀，从此流淌出高山流水的华章。

但是，假如天天遇到呢？假如你总在"这里"徘徊呢？我们是应该去诅咒，还是应该去歌唱？

——坠入情网的"叶公"，何时才能够由衷赞美一条从窗外蜿蜒而至的爱情真龙？

看我

余光中先生为西方的玫瑰设计过一句精妙的台词，叫做"Look at me"（看看我），并且他说，东方的莲绝对不会有如许大胆炽烈的表白。

玫瑰大胆地宣讲出了内心的祈愿，莲只赫然低语：Don't stare please（请不要盯着我看）。

Look at me，是女孩讲给父母听的话。她画了一个小熊猫，折了一个小鸽子，她要急切地唤你来看。

Look at me，是女子讲给男人听的话。她的容颜姣好，她的衣饰迷人，她便急切地唤你来看。

Look at me，是女人讲给世界听的话。她身怀爱的绝技，她能够用美丽的真情暖透一个阴冷的巢穴，她能够用本能的智慧拯救一个沦陷的城池，于是，她急切地唤你来看。

不要嫌怨"她们"的台词不够深沉。当玫瑰与莲用嘴或心说出那句台词的时候，嘘——请风屏气，请雷敛声，请认真去听，且看。

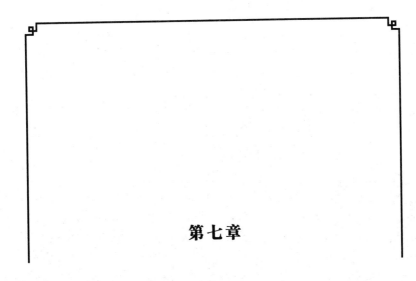

第七章

玫瑰为开花而开花

| 来自蝴蝶的一个吻触

你怎么也不会想到，来自蝴蝶的一个吻触是怎样的美丽和神奇。

这是个寻常的午后，满眼是闹嚷嚷的花，我独在花间小径上穿行，猝不及防地，一只蝴蝶在颊上点了一个吻触。我禁不住一声惊呼，站定了，眼和心遂被那只倏忽飞走的蝴蝶牵引，在花海中载沉载浮……良久，我发现自己的身子竟可笑地朝向着蝴蝶翩飞的方向倾斜——不用说，这是个期待的姿势，这个姿势暴露了这颗心正天真地巴望着刚才的一幕重放！

用心回味着那转瞬即逝的一个吻触，拿手指肚去抚摩被蝴蝶轻触过的皮肤。那一刻，心头掠过了太多诗意的揣想——在我之前，这只蝴蝶曾吻过哪朵花儿的哪茎芳蕊？在我之后，这只蝴蝶又将去吻哪条溪流的哪朵浪花？而在芳蕊和浪花之间，我是不是一个不容省略的存在？这样想着，整个人顿然变得鲜丽起来，通透起来。

生活中有那么多粗糙的事件，那么多粗糙的事件每日不由分说地强行介入我的生活。它们无一例外地被"重要"命名了，拼命要在我的心中镌刻下自己的印痕，可不知为什么，我却越来越麻木，越来越善于忽视和淡忘那些所谓的"重要"事件。炸雷在头上滚过，我忘记了掩耳，也忘记了惊骇；倒是一声花落的微响，入耳动心，让人莫名惊悸。那么多经历的事每每赶来提醒我说那都曾是被我亲自经历的，我慌忙地撒下一个网，却无论如何也打捞不起它们的踪影了。

今天，来自蝴蝶的一个吻触，是这样深深打动了我的心，且给了我深刻铭记的理由。微小的生命，更加微小的一个吻。仿佛，尘世间什么都不曾发生，但又分明有什么东西被撞击出了金石般的轰响。倏然想到李白笔下的"霜钟"———口钟，兀自悬空，无人来敲，它抱着动听的声响，缄默着走进深秋；夜来，有霜飞至，轻灵的霜针一枚枚投向钟体，它于是忍不住鸣响起来，响彻山谷，响彻云霄。想来，世间最细腻、最别致的敲击与世间最细腻、最别致的吻触，大约都是最能拨动人心弦的东西吧？沧海当前，却以一粟为大。脑子里放置着一个有趣的筛子——网眼之下，是石块，是瓦砾；网眼之上，是碎屑，是尘沙。

——好，就让我窖藏了这个寻常的午后吧！就让那来自蝴蝶的一个吻触沉进最深最醇的芳香里，等待着一双幸福的手在一个美丽的黄昏启封一段醉人的往事……

| 最年轻的一天

母亲总鼓励我穿红戴绿。她曾饶有兴味地指着一件让我看看都觉得怪不好意思的衣服鼓动我说："买下来吧！你穿上准好看！"她的声音是那么大，手指坚定不移地指向那件衣服。一时间，我觉得整个商场的人都把怪讶的目光投向了我们。我怀着比在大庭广众之下穿上了那件极不适合我的艳服还要羞辱得远的心，拖着母亲快速离开，然后有些气恼地对她说："我都多大了！那么艳的衣服，我怎么能穿得出去？"可是母亲却不以为然。她高声教训我道："今天，就是你从今往后最年轻的一天。你再也过不着昨天了。明天的你就比今天老了，后天呢，你又比明天老了——你还不赶紧趁着最年轻的一天穿点漂亮衣裳！"

从今往后最年轻的一天？好奇怪的说法啊！但仔细想想，可不是嘛，每个人都在过着他（她）从今往后最年轻的一天。昨天比今天光鲜，只是昨天已然逝去。那些花一般的笑影，跌进时光汤汤的河里，永远不肯再回来照耀我们此时黯淡的心境。昨天的美丽羁绊着我们的手脚。恍惚中，竟以为可以等，以为在明天的某一方光影里可以镶嵌进一轮迷失于昨天的太阳……其实，怎么可能呢？开弓的箭永不可能回头。而那呼啸着向前的，正是箭一般的光阴呵。

想起那个名叫胡达·克鲁斯的老太婆。在 70 岁的生日宴会上，她突然发现了自己正在享受着余生中最年轻的一天。她问自己：究竟，我还可以再去做点什么呢？在这样的自问中，她惶恐地发现自己的人生有一个很大的空白——她居然未曾尝试过冒险登山！她于是毅然拖着自己在别人看来已是老朽的身体去亲近高山险峰。此后的 25 年间，她一直在拼死填补着自己的人生空白，终于，在 95 岁那年，她登上了日本的富士山，打破了攀登富士山的最高年龄纪录。

我有点怕。怕自己笨拙的手抓不牢从今往后最年轻的一天。

在这最年轻的一天里，我希望自己微笑着面对镜子里的那个影像，欣赏她，悦纳她，不挑剔她眉宇间岁月的印痕；我希望自己在可以表达爱的日子里，细腻温婉地向所爱的人传达爱的信息，语言动听，动作轻柔；我希望自己永不熄灭攀登灵魂巅峰的热望，见贤思齐，见不贤而内自省，学习根须，静默但热烈地去拥抱地心那轮看不见的太阳；我希望自己保持孩童般神圣的好奇心，将大自然引为爱侣，永不减损端详一朵花时内心的无比悸动与无限怜惜；我希望自己保持敏感——对善意，对真情，对文字，对艺术，不因阅尽了人间春色就无视春色，爱着，感动着，朝前走。

　　母亲，感谢你提醒我今天是我最年轻的一天。我下定决心在这最年轻的一天里穿起艳丽的衣裳，当然，更要以艳丽的心情去做事、去生活。我，要捧给带我来到这世界的人一个艳丽的人生。

畏惧美丽

我说得清自己是在哪一天走向成熟的。因为打从那天起我开始畏惧美丽。

我会站在一朵美艳绝伦的鲜花面前呆呆地看上一个时辰，心中涌动一股比爱深较妒淡的说不清道不明的热辣辣的感觉。诗人余光中说，他看那"艳不可近，纯不可渎"的宫粉羊蹄甲花时，总是要看到"绝望"才肯离去。老先生笔下这惊心动魄的"绝望"二字，真让我共鸣得几乎要掉泪了。美丽的花朵，对善良的心灵有着一种无可抗拒的威慑力。它召唤着你却不轻许你，谢绝了你却不惹恼你。它让你在它的光辉里沐浴，又让你染着它的清香一步一回头地离开。高尚的手永远是临花轻颤的手。摘走鲜花的人在倾覆美丽的同时也倾覆了他自己。

我会畏惧一双美丽的眼睛，不管是同性的眼睛还是异性的眼睛，只要它是用美丽注释的。美丽的眼睛照耀着我。那是一些令我即则怯，离又悔，不即不离不甘心的眼睛。在我贫瘠的记忆里，流失了那么多人的姓名，却存活着一双双美丽的眼睛。它们或默默凝睇，或顾盼流转，一律真真切切投在我温柔的心幕上——这时，也只有这时，我才有勇气与它们对视。我知道我漏听了太多心灵的语言，只能在日后凭想象将它们一一补齐。可我却无怨，只把这看成一种玩不厌的游戏。

我会畏惧一篇精彩的文字。每每于墨香中翻开一本新杂志，在目录上看到某个熟悉的名字（这名字往往是和一篇篇美文连在一起的），我总是不敢一下子找到相应的页码，生怕脆弱的心禁不起那美丽的惊吓和打击。我会把那不相干的文章慢慢读完，然后心里便开始发热发冷，发虚发酸，终于英勇地翻开那躲不过的一页，飞快浏览一遍，以便让畏惧稍稍减淡，之后，再回过头来细细咀嚼赏鉴——那些勾魂摄魄的令我永志不忘的文字哟！它们是从一支什么样的笔下流出来的？它们的诞生是艰难还是顺利？这些，永远是我愿意猜测的问题。敏感而痴迷的心，久久走不出美文的枝枝杈杈丝丝脉脉，待到不得不收复自己的时候，我发现，我已是支离破碎。

……畏惧源于喜爱，却又超越了喜爱。喜爱里往往包含了一种不知深浅的亲昵与轻狎，而畏惧才是真正的怜惜与恭敬。"美丽"慷慨地点缀了我们短暂寂寞的人生之旅，我们一俯首即可采撷到美丽，一回眸就能目睹美丽。美丽是这样无私地洗濯我们照耀我们拯救我们，我们怎不该小心翼翼地去护爱着她呢？

畏惧美丽，是我最美丽的人生体验。

藏在年龄中的怕与爱

　　老公在写一首纪念唐山大地震 40 周年的诗。在诗中，他声称自己 97 岁。我说："等等，这个地方分明是搞错了！"他说："没错的。"我蒙了——这个与我在同一个屋檐下过活的男人怎么可能已是 97 岁高龄？看我实在费解，他幽幽解释道："作为一个大地震的幸存者，作为一个在大地震中失去了母亲的人，从废墟中爬出之后，我就开始过一年长两岁，一岁是自己的，一岁是母亲的。"

　　某一日，微信中多人都在推介同一篇文章，一篇关于"无龄感"的文章。文章号召大家忘记年龄，不要让年龄成为自己的窒碍，要相信人生没有太晚的开始……留神一瞧，但见转发此文者均已到了"恨年高"之龄。"无龄感"的提法，无疑契合了他们排斥自身年龄的那颗不服老的心。其实，"无龄感"不是刻意追求来的，你越强令自己忘掉年龄，年龄越要跳出来跟你较劲，成为你的隐忧甚或心障。因此，请爱上自己的年龄吧。你需要修炼的是，哪怕到了耄耋之年，都可以满怀好感地温柔拥抱心中那个 13 岁的自己。

有个演员，出道时与我同龄。因了这个缘故，对她格外关注。但是，渐渐地，我俩的年龄差距就越拉越大了。我自然明白，女演员无一例外是信奉"姑娘教"的，但是，这般出格儿的"姑娘教圣徒"我还是头一遭看到——我 40 岁时，人家庆 32 岁生日；我 44 岁时，人家过 34 岁生日。嘿嘿，4 年长了两岁！我只知道有"公斤"，不知道居然还有"公岁"。

参加一位邻居的葬礼，谈及逝者年龄，分明是 83 岁，可遗像下方赫然注明 85 岁。听深谙此地风俗的人讲，人死之后，要加两岁，天一岁，地一岁。第一次听到这说法，听得人战兢兢复暖融融。由不得想，天与地慷慨赠人的那两岁，人人都领受得起吗？凡人须修炼怎样的功德，方能不愧领那星月挽江河的瑰绝的两岁？

我同学，面老，发白，中年得子。一日去学校接孩子放学，碰到嘴甜的值周生，热情问："老爷爷老爷爷，您来接谁呀？""老爷爷"被叫得不高兴了，闷声答："接你叔！"事后他跟我们说，打那儿以后，接送孩子，他必戴假发。

我亲戚，60 岁退休后开始减岁过活。过一年减一岁，今年，他 47 岁！他太会纵宠自己了。有一回，他从晋州出发，坐公交车去深泽，吃了一碗豆腐脑，就又坐车回去了。有人问他："听说你坐了三个钟头的车，就为吃一元钱的豆腐脑？"他叹："还能吃几回！"当有人对他不靠谱的年龄提出质疑时，他会骂脏话。

去一个小饭店用餐。见服务员是个十三四岁的女童，便问她："小姑娘今年多大了？"她答："18岁。"有个朋友惊喜道："跟我女儿同岁呀！小姑娘你是属什么的？"女孩机敏道："跟你女儿一个属相呗！"朋友不依不饶："我忘了我女儿属什么了，你也忘了自己属什么吗？"女孩一听，抿嘴一笑，跑开了。

认识一位大哥，当年为了参军，将年龄改大了两岁，转业后，为了被提拔，又将年龄改得比实际年龄小了一岁。他坦承，填各种表的时候，他常被脑子里的三个年龄（二假一真）给搅乱喽，他必须思忖一会儿，方能选择一个数字，小心填上。

许多人，在被问及"芳龄几何"时，喜欢让人猜。"逢人减岁，遇货加钱"，这种投其所好的处世之道国人早已驾轻就熟。于是，猜者把心一横，报出了一个近乎狎侮对方的年龄。结果，被猜者听罢大喜，遂欣然以那个虚矫的"礼物年龄"为镜，照见了掺水的自己。

｜ 爱的容器

发现自己的身体是一个爱的容器，这是一种奇妙的感觉。

给予我这样美好提醒的，是来自台湾的一位老太太。她认真地看着我，说："你有能力启动别人柔软的心，因为你的身体恰如一个爱的容器。"在这诗一般的句子面前，我有一点惊惶失措，我不知道有着这么浓郁的抒情色彩的句子居然可以用聊天的口气缓缓送出。我惊喜地张大了眼睛，像打量陌生人一样上上下下打量自己，打量我借居的这件非凡的爱的容器。

这件容器原是我善感的灵魂获赠的一样无可替代的礼物啊！我住在里面，住成神仙。

我是一个善于爱的人吗？好多次拿这个问题向自己索取答案，而每一次的答案都与先前的答案有着些微的差异。我往往不是用自己的心来应答自己的嘴的，而是临时借来一双自己正在意着的眼睛，用那双眼睛挑剔地审视我。

我看到有一双眼睛在对我说，你自然是世间最善于爱的人啊，你在每一个春天里悸动，看见美丽的花朵，就生出礼赞的热望；你与潭水深情对视，直到让眸子染上它的深绿。你的爱，生动着摇曳着刷新着，不会蒙尘，不会霉变，你正拥有着世间高品质的爱哦。

而另一双眼睛则会说，你不是一个恒温的爱者。你爱得那样自我，那样率性。爱的时刻，灵台无计逃神矢，你恨不得把自己的生命都典当了。哲人说，爱是一种犯傻的能力。你犯傻的能力似乎格外高强。总以为这一回定然与先前的迥异，值得拼却了一切的。但是，是什么让你陡然扭转了脸？清泪中，爱，一羽一羽无可阻挡地凋零。你不明白，爱的半衰期何以来得这么迅疾！

那是谁的眼睛？正幽幽地说出这样的话语——到什么时候，你才能修炼来节省着使用自己的爱的本领？你顶擅长的伎俩似乎就是将爱倾洒、倾倒、倾泻。你从来都不惧怕用完了自己的爱吗？你把心剖成了那么多片，遣它们成舟，让它们承载着你的哀伤、牵念、祈祷、祝福义无反顾地远航。岸上的你，再怎么收拾，也不可能收拾起一个完整的自己。

…………

究竟，我是不是一个善于爱的人呢？

我在诗心、爱心和操心中发现着我自己。一个兴致勃勃只想盛放爱的容器，在被误读、被辜负、被伤害的同时，也被理解、被欣赏、被珍惜。很喜欢自己快乐的模样，每次照相，都愿意给镜头一个灿烂的笑脸；总渴盼着自己是个最善于撷取的人，秋天给了我一座萧瑟的森林，我却从一棵忘了季节的小树上邂逅了春天。谁有幸听到了我内心的欢呼？那赤子般的欢呼荡涤着我的整个生命，让我情愿一次又一次掏空了自己——为答谢一只鸟在天空中偶然滴落的一声啼鸣，为回报一朵花穿越漫漫寒冬赠予我的一句爱语。

我张开想象的翅膀，试着将这件容器改换形状——设若它是一个碗，那就欢悦地盛放天地的恩赐吧；设若它是一只觥，那就忘情地流溢岁月的琼浆吧！盛放着什么固然重要，但更重要的是感受着这幸运盛放的细腻的心。

爱的容器，得之于天，终将还之于天。借居的日子里，让我天天保持惊奇，让我受宠若惊地住在里面，住成神仙。

创造月亮

　　唐传奇当中，有这么三个小故事，叫作《纸月》《取月》《留月》。《纸月》的故事是讲有一个人，能够剪个纸的月亮照明；《取月》是说另一个人，能够把月亮拿下来放在自己怀里，没有月亮的时候照照；至于《留月》，是说第三个人，他把月亮放在自己的篮子里边，黑天的时候拿出来照照。

　　我被这样的故事折服了。

　　自然惊叹古人想得奇，想得妙，将一个围绕地球运行的冷冰冰的卫星想成了自我的襟袖之物；更加慨叹那不知名的作者"创造月亮"的非凡立意。由不得想，能够做出如许想象的心，定然无比的澄澈清明。那神异的心壤，承接了一寸月辉，即可生出一万个月亮。

　　叩问自己的心：你是不是经常犯"月亮缺乏症"？晦朔的日子，天上的月亮隐匿了，心中的月亮遂也跟着消亡。没有月亮的时候，光阴在身上过，竟有了鞭笞般的痛感。"不是我在过日子，而是日子在过我。"我沮丧地对朋友说。回忆着自己走在银辉中的模样，是那样的诗意盎然，但今天的手却是绝难伸进昨天——我够不着浴着清辉的自己。这座城市里有一个冷饮馆，叫"避风塘"。我路过了它，却又踅回来，钻进去消磨掉了一个寂寥的下午。赚去我这整个下午的，是它的一句广告词："一个可以……发呆的地方"。灰暗的心，不发呆又能怎样？

我常常想，苦的东西每每被我们的口拒绝，苦口的药，也聪明地穿起讨好人的糖衣服。苦，攻不破我们的嘴，便来攻我们的心了。而我们的心，是那样容易失守。苦在我们的心里奔突，如鱼得水。可以诉人的苦少而又少，难以诉人、羞于诉人的苦多而又多。忧与隐忧不由分说地抢占了我们的眉头和心头。夜来，只有枕头知道怀揣了心事的人是怎样的辗转难眠。世界陡然缩小，小到只剩下了你和你的烦恼。白天被忽略的痛，此刻被无限放大，心淹在苦海里，无可逃遁。这时候，月亮在哪里？天空没有月亮，心空呢？

想没想过，剪个纸的月亮给自己照明？

创造一个月亮，其实是创造一种心情。痛苦来袭，我们习惯浩叹，习惯呼救，我们不知道，其实自我的救赎往往来得更为便捷，更为有效。唐山大地震的时候，有个女孩掩埋在废墟下达 8 天之久，在那难熬的日日夜夜里，她不停地唱着一段段的"样板戏"，开始是高声唱，后来是低声唱，最后是心里唱。她终于幸存下来。

她不就是那个剪个纸月亮给自己照明的人吗？劝慰着自己，鼓励着自己，向自己借光，偎在自己的怀里取暖。这样的人，上帝也会殷勤地赶来成全。

　　人的生命历程，说到底是心理历程。善于生活的人，定然有能力剪除心中的阴翳，不叫它滋生，不叫它蔓延，给月亮一个升起的理由，给自己一个快乐的机缘，揣着月朗月润的心情，走在生命绝佳的风景里。

｜ 眉梢一颗星

侍弄阳台那棵老米兰的时候，遽然发现树心的一根枝条枯了。先前每每打量这株植物，目光总是落在新花新叶上，不曾留意它竟在树心藏了这样一句深重的叹息。我小心翼翼地折下了一厘米的枯枝梢，想看看它还有没有活转来的意思，很遗憾，它已彻底放弃了自己。

折下这枯枝的时候，左膝关节钻心地疼了一下。它最近罢工了。任我百般检讨、顾惜、娇宠，它都不肯复工。折枯枝的心情因此复杂了起来。我手上的动作那么轻柔，仿佛正在抚摸一串娇柔的花蕾。我在心里悄悄跟我的老米兰说："亲爱的，你我都不许伤感。"

儿子打来电话："妈，要不你用上双拐吧，你看人家默克尔受伤后不就大大方方地拄着双拐面对媒体吗？"我左手拿着手机，右手开始百度"默克尔 双拐"。嗯，我看到了。默克尔拄着双拐慷慨陈词的样子很是励志。挂了电话，用手机对着屏幕拍了那张励志照片，发给了湛江的表妹。因为，表妹的老爸、我的舅舅很需要这张照片。水兵出身的他，下肢动脉栓塞，走路吃力，却坚决不肯拄拐杖。"我才不拄那个呢（注意：他很忌讳'拐杖'这两个字，管它叫'那个'）！走在大街上人家都看我，像个三条腿的怪物！"表妹软硬兼施，可老头儿说什么也不肯用"那个"。我打电话跟他说："舅啊，你可以拄一把长柄雨伞，像斯琴高娃那样。"他气哼哼地跟我说："天气好好的，我拄把伞，求雨呢？！"后来，我惊喜地在网上看到了一个"电脑包拐杖"，乍一看，是电脑包，但包底可以抽出一根金属棍，充当拐杖，煞是遮人眼目。但这种产品是境外的，我把淘宝翻了个底朝天，也没寻到它的踪影。不得已求其次，相中了一款"购物车形助步器"，立刻拍了，送给舅舅。打电话跟他说："舅啊，这下你可就不像个残疾人了，整个一个天天买菜的无比勤劳的家庭妇男啊！"老水兵在电话那边哼了一声，似乎对我赏他的这个新称号不买账。

　　我的学生玲儿听说我膝盖出了问题，特地打来电话："老师，你可得好好保护你的膝盖呀！网民们总说'献上膝盖'，咱们的膝盖可不能轻易献上啊！我老妈膝盖软骨受损，去北京做的膝关节置换手术。缝了三十多针，伤口上的血还汪着呢，医生就来掰她的腿了，说必须得掰到九十度，否则手术就白做了！他掰的时候，我妈的眼泪哗哗地流，我的眼泪也哗哗地流。三个月，每天掰两次腿，每次半个钟头，给老太太疼的呀，把所有的红歌都唱过来了。天天唱：下定决心，不怕牺牲，排除万难，去争取胜利！唱得整个康复大厅里的人们都跟着她唱——大家都是做膝关节康复训练的呀！现在，我老妈另一条腿又不行了，我们问她：咱们是不是再做一次膝关节置换手术？我老妈一听，非要离家出走不可！老师，膝关节就是人的半条命啊，你可得好好保护它！"

回头想想，我何曾善待过自己的"半条命"？两次重重地摔倒在雪地上（均为前仆姿势），跪在地上一丝不苟地擦地板（我妈说我跟一休有一拼），登山，跑步，大冬天也要逞强穿裙子……膝盖低声抗议的时候，我置之不理，继续粗暴地役使它，现在，它终于被逼得造反了。

理疗时，想起了贾平凹和他的肝的故事，兀自笑了起来。记得鲁豫采访贾平凹时曾好奇地问他是怎样自己治愈了肝炎的，他回答说，跟自己的肝聊天啊！晚上睡觉前，逐一感谢身体的每个器官。——天哪，我悲辛寂寥的左膝盖，你是不是也一直等着我跟你聊天呢？

清楚地记得，河北师院的白静生教授在为我们讲授白居易的《卧疾来早晚》时那莫名悲戚的神情。"你看，她是不是快要哭了？"姝文悄声对我说。我盯着虚胖的白先生看，见她苍老的眼睛里没有泪水，却在眉梢挑着一滴亮晶晶的东西，不是汗水（教室里奇冷），更不是倒流的泪水，仿若一颗星，好不神奇！"卧疾来早晚，悬悬将十旬。婢能寻本草，犬不吠医人……"她分明是在背诵了。今天，当这些在记忆深处即将湮灭的诗句复又齐刷刷扑到眼前时，我才终于明了，白先生，她是在讲她自己啊！

　　阳光下，我的老米兰又开始奋不顾身地提取她体内的香气了。坐在她清幽的香氛里，我仿佛听见"左足不支"的白居易借着白静生先生之口在吟哦："家无忧累身无事，正是安闲好病时。"——笔端能绽放这等俊逸诗花的人，就算他"体瘇目眩"，就算他"老病相乘"，他眼中定然亦无泪，只在眉梢，挑着一颗骄矜的星……

｜ 至尊生命

　　这是摄影家宗同昌讲述的一个真实故事。2004 年，他随一支探险队穿越死亡之海塔克拉玛干沙漠。"塔克拉玛干"在维吾尔语中的意思是"走得进，出不来"。穿越的过程中，不少队员们因为这样或那样的原因中途退出；领头驼每走三步就哀号一声，听得人心惊胆寒。几乎所有的队员都被迫放弃了临行前所发出的"徒步穿越死亡之海"的豪迈誓言，他们难为情地骑上了负载着水桶、食品、行囊的骆驼，在死神的注视中艰难前行。

　　那天，宗同昌利用队伍短暂休整时间带着相机去附近选景拍照，突然，他在一个沙丘前发现了一峰离队的骆驼。他以为这是一峰不堪忍受旅途艰辛而逃跑的骆驼，但当他走到它跟前时，他一下子就明白了这峰骆驼离队的缘由。原来，它生产了。小骆驼在寒风中瑟瑟发抖，仅存一息；母骆驼用哀告的眼神凝望着眼前的人，仿佛在谢罪，又仿佛在乞求。是的，它在最不适宜做母亲的时候做了母亲。它的使命，本是帮助探险队穿越沙漠的，但想不到它却给大家添了这么大的麻烦。所有的人都围过来了，有人甚至脱下自己的羽绒服盖到小骆驼身上。没有人怨嫌这个小生命来得不是时候。在接下来的行程中，他们卸去了那峰母骆驼身上所有的东西，并由专人负责抱着那峰还不会行走的小骆驼前进。——有了爱的精心看护，死神怎能轻易撷走那柔弱的生命之花？

生命，至尊的生命。不管我们在履行着怎样神圣不凡的使命，不管我们在创造着怎样惊天动地的伟业，生命的枯荣，都应该随时牵动我们至高的情感，至美的柔肠——不是吗？

玫瑰为开花而开花

独自坐在玫瑰园里，想着关乎玫瑰的心事。

这么繁盛，这么美艳。但我却不想说，她们是为了答谢辛勤的园丁而开花；也不愿说，她们是为了酬酢和畅的惠风而开花；更不能说，她们是为了繁衍后代而开花。还是诗人说得妙：玫瑰为了开花而开花。——的确，对一朵玫瑰而言，开花就是一切。

我曾是一个可怜的"目的主义者"。以为有"目的"的行为才是有价值的行为。就这样，我欣然将心交给"目的"去蛀蚀。当我将自己摆在一朵绝美的花面前，我就像一个强迫症患者，本能地摸手机，本能地要拍照。从哪一天开始，我背弃了那个浅薄焦虑的自我？我已经学会"零负担"地欣赏一朵花，驻足，心动，玩索，然后带着感动，悄没声离开。

马年到来的时候，有人发来一个段子，大意是讲"马如人性"：见鞭即惊为圣者，触毛即惊为贤士，触肉始惊为凡夫，彻骨方惊是愚人。就想，有没有第五种马呢？它不惊，亦不驽，它不愿为"鞭影"而奔突，只肯为释放生命而驰骋；它俯瞰氤氲草色、仰观高天流云，它总是乐意在残照里完美一幅剪影；它保持着可贵的矫健与豪野，它感谢上苍让它成为了一匹美学意义上的马。

《民国老课本》里有一篇课文，通篇只有短短的四句话："三只牛吃草，一只羊也吃草，一只羊不吃草，它看着花。"——你瞧，这分明是一只具有诗人气质的羊啊！它看着花，是因为它有灵性，是因为它注重生命的精神趣味。可惜，这只可爱的羊早就从课本中走丢了，取而代之的是"羊的全身都是宝，肉可以吃，奶可以喝，皮、毛可以穿"。——"目的"高调登台之后，"情趣"只能黯然退场。

我曾经嘲笑过辗转认识的几个同城姐妹，每当春花盛开，她们一定带着扑克牌和小被子，兴致勃勃地将自己送到迁西的一座山上，挑一树最热闹的花，在树下郑重铺开小被子，盘坐，打牌。她们吵嚷着当"皇上"或做"娘娘"，贴满脸的纸条，就这样一直玩到日落西山，才甘心地往回返。我曾在心里不屑地说：多么可笑啊，竟在美丽的花树下做那等俗事！今天，我却倏然懂得了她们。与那些搬着蜂箱追着花跑的人相比，她们的目的性更弱一些，但她们占有的春光却要更多一些。

我曾多次跟同行分享那个"孔雀与作文"的故事——语文老师讲了一则故事让大家找论点：雄孔雀都非常珍爱自己漂亮的尾巴，

每日必梳理呵护，生怕有丝毫损伤。一帮无耻猎人知道这一特性就专找雨天捕孔雀，因为下雨会将雄孔雀的大尾巴淋湿，由于有饱满的水分缀着，孔雀生怕起飞会弄伤羽毛，故不管猎人离得多近也绝对一动不动，任人宰割。很快，一位"学霸"发表高论了："可以从两个方面入手。一则孔雀——贪慕虚荣，因小失大，忽略整体，只看部分……二则猎人，善于抓住时机……"老师听后，点头赞许。可怜的师生，陷入了一个"实用即至善"的泥潭。

"美"那么轻，"目的"那么重。"目的"这个幽灵，时刻都在明处、暗处招引着我们，让我们做稳它的信徒。对"美"盲视，几乎成了我们的"家族病"，"实用即至善"成了太多人的共识。一看到玫瑰，就恨它不结个南瓜；一看到马，就恨它追不上"磁悬浮"；一看到羊，就指望它多出肉、出好肉；一看到花，就想到蜜源；一看到孔雀，就想到活捉……被"目的"劫持的我们，心灵干枯，嘴脸丑陋。

谁能引领我们走出那个精神委顿、高度扭曲的自己？谁能引领我们叩山为钟、抚水为琴，真正做一回大自然浪漫缠绵的舞伴？谁能引领我们赞赏玫瑰为开花而开花、激励孔雀为美丽而美丽，抛开功利与恶俗，成全自己那颗拙朴本真的心？我想，除了我们自己，大概不会有别人。

吃愁

曾经，我是个不会"吃愁"的人。

"愁"是"秋心"啊！心，不期然被秋天劫掠，我怎甘乖乖就范？

在一句歌词前逡巡了很久，那歌词道："甜蜜方糖跳进苦咖啡"。我被那个"跳"字困住了。方糖，它定然是甘愿的了，不然，那个动词应该换成"掉"甚或"跌"。我做不成那块崇高的方糖，我宁愿抱紧自己珍贵的甜蜜，让它小心翼翼地躲开苦咖啡。

可"愁"却是多么地迷恋我啊！终于有一天，我突围不出去了，硬着头皮，拨通了琳的电话。琳是我早年教过的一个学生，现在是一名精神卫生工作者。琳惊喜地说："老师，让我猜猜，您是要通知同学聚会吗？"我沮丧地说："不是。我向你讨要一种市面上买不到的精神类药品……"

"愁"的抗药性太强大了，它居然嚣张地将那一枚枚精致的药片当成了自己的兴奋剂。我每天晚上精神百倍地守着它，听任它携着我上天入地。

一个患有重度精神抑郁症的朋友说，他以每天高声诵读唐诗宋词的妙法，医好了自己的病。偷偷用了他这方子，盼着李杜、三苏们能从千载之前发功，驱走我身上的愁魔。可是，我再一次失望了。

从哪一天开始，我不再与"愁"为敌了呢？我说不清楚。我只知道，我似乎慢慢修炼来了一种能耐，那就是，像吃粥、吃茶一般，平静地将"愁"吞下去。我跟自己商量：姑且，把"秋心"当成一味中药吧，想它具有明目、舒肝、润肺、养心、去燥、益气的神奇功效。服下"愁"去，生出"喜"来。

那天，和一伙子人分享一只硕大的榴莲。榴莲那特殊的气味热烈地包围了我们。大家大呼"好吃"。吃货当中，有人带了一个四五岁的孩子，那孩子快被榴莲的味道弄哭了，家长捂着鼻子嚷嚷道："你们缺心眼吧？吃这么臭的东西！"

童年的口味，往往是单一的甜或香，随着年龄的增长，我们的口味要求变得复杂起来，苦、辣、酸、咸，甚至臭，我们都奋勇地去吃。看那卓尔不群的咖啡，竟将黑白、冷热、苦甜这么多对立元素融为一炉，使自己拥有了远高于蜜汁的昂贵身价。真的，一枚优秀的"方糖"，真会奋不顾身地"跳进"苦咖啡的呀！这是一种带着痛感的"自我实现"。相信吧，那跳进了苦咖啡的方糖，不会愁，不会怨，不会抑郁，不会失眠。

　　人说，日光下并无新事。其实，太阳底下也没有新鲜的"愁"。我吃到的"愁"，早被先人或远人吃过了，我大可不必为它的不期然光顾而大惊小怪。说到底，我的"愁"多是"爱上一匹野马，可我的家里没有草原"之类的闲愁；那也无妨，就让这挥之不去的"秋心"渐次晕染了我的"甜蜜方糖"，让我坐在沁凉的风中，从容自在地读天，读地，读自己。

　　——能"吃愁"的人，有福了。

不顾一切地老去

天光有些暗。我侧脸照了一下镜子，竟被镜中的影像吓了一跳。那个瞬间的我，像极了自己的母亲；一愣神儿的工夫，我越发惊惧了，因为，镜中的影像，居然又有几分像我的外祖母了。我赶忙揿亮了灯，让镜中那个人的眉眼从混沌中浮出来。

——这么快，我就撵上了她们。

母亲有一件灰绿色的法兰绒袄子。盆领，泡袖，掐腰，用今天的话说，是"很萌"的款式。大约是我读初二那年，母亲朝我抖开那件袄子说："试试看。"我眼睛一亮——好俏气的衣裳！穿在身上，刚刚好。我问母亲："哪来的？"母亲说："我在文化馆上班的时候穿的呀。"我大笑。问母亲："你真的这么瘦过？"

后来，那件衣服传到了妹妹手上。她拎着那件衣服，不依不饶地追着我问："姐姐，你穿过这件衣服？你真的那么瘦过吗？"

现在，那件衣服早没了尸首。要是它还在，该轮到妹妹的孩子追着妹妹问这句话了吧。

人说，人生禁不住"三晃"：一晃，大了；一晃，老了；一晃，没了。

我在晃。

我们在晃。

倒退十年，我怎能读得进去龙应台的《目送》？那种苍凉，若是来得太早，注定溅不起任何回音；好在，苍凉选了个恰当的时机到来。我在大陆买了《目送》，又在台北诚品书店买了另一个版本的《目送》。太喜欢听龙应台这样表述老的感觉——走在街上，突然发现，满街的警察个个都是娃娃脸；逛服装店，突然发现，满架的衣服件件都是适合小女生穿的样式……我在书外叹息着，觉得她说的，恰是我心底又凉又痛的语言。

记得一个爱美的女子曾说过这样一段话：揽镜自照，小心翼翼地问候一道初起的皱纹："你是路过这里的吧？"皱纹不搭腔，亦不离开。几天后，再讨好般地问一遍："你是来旅游的吗？"皱纹不搭腔，亦不离开。照镜的人恼了，遂对着皱纹大叫："你以为我有那么天真吗！我早知道你既不是路过，也不是旅游，你是来定居的呀！"

　　有个写诗的女友，是个高中生的妈妈了，夫妻间唯剩了亲情。一天早晨她打来电话，跟我说："喂，小声告诉你——我梦见自己在大街上捡了个情人！"还是她，一连看了八遍《廊桥遗梦》。"罗伯特站在雨中，稀疏的白发，被雨水冲得一绺一绺的，悲伤地贴在额前；他痴情地望着车窗里的弗朗西斯卡，用眼睛诉说着他对四天来所发生的一切的刻骨珍惜。但是，一切都不可能再回来了……我哭啊，哭啊。你知道吗？我跟着罗伯特失恋了八次啊！"——爱上爱情的人，最是被时光的锯子锯得痛。

　　老，不会放掉任何一个人。

　　生命，不顾一切地老去。

　　多年前，上晚自习的时候，一个女生跑到讲台桌前问我："老师，什么叫'岁月不饶人'啊？"我说："就是岁月不放过任何一个人。"她越发蒙了："啊？难道是说，岁月要把人们都给抓起来吗？"我笑出了声，惹得全班同学都抬头看。我慌忙捂住嘴，在纸上给她写了五个字："时光催人老。"她似懂非懂地点点头，回到座位上去了。其实，再下去几十年，她定会无师自通知晓这个词组的确切含义的。当她看到满街的娃娃脸，当她邂逅了第一道前来定居的皱纹，当她的爱不再有花开，她会长叹一声，说："岁月果真不饶人啊！"

深秋时节,握着林清玄的手,对他说:"我是你的资深拥趸呢!"想举个例子当佐证,却不合时宜地想起了他《在云上》一书中的那段话:一想到我这篇文章的寿命必将长于我的寿命,哀伤的老泪就止不住滚了下来……这分明是个欢悦的时刻,我却偏偏想起了这不欢悦的句子。——它们,在我的生命里根扎得深啊!

萧瑟,悄然包抄了生命,被围困的人,无可逃遁。

离开腮红就不自信了。知道许多安眠药的名字了。看到老树著新花会半晌驻足了。讲欧阳修的《秋声赋》越来越有感觉了。

不再用刻薄的语言贬损那些装嫩卖萌的人。不经意间窥见那脂粉下纵横交错的纹路,会慈悲地用视线转移法来关照对方的脆弱的虚荣心。

柳永有词道:"是处红衰绿减,冉冉物华休。"这样的句子,年少时根本就入眼不入心。于今却是一读一心悸,一读一唏嘘。说起来,我多么为梅丽尔·斯特里普和克林特·伊斯特伍德这两个演员庆幸,如果他们是在自己的青葱岁月中冒失闯进《廊桥遗梦》,轻浅的他们,怎能神奇地将自我与角色打烂后重新捏合成一对完美到让人窒息的厚重形象?

不饶人的岁月,在催人老的同时,也慨然沉淀了太多的大爱与大智,让你学会思、学会悟、学会怜、学会舍。

去探望一位百岁老人。清楚地记得，在校史纪念册上，他就是那个掷铁饼的英俊少年。颓然枯坐、耳聋眼花的他，执意让保姆拿出他的画来给我看。画拿出来了，是一叠皱巴巴的仕女图。每个仕女都画得那么难看，像幼稚园小朋友的涂鸦。但是，这并不妨碍我兴致勃勃地欣赏。

唉，这个眼看要被"三晃"晃得灰飞烟灭的生命啊，可还记得母校操场上那个掷铁饼的小小少年？如果那小小少年从照片中翩然走出，能够认出这须眉皆白的老者就是当年的自己吗？

——从子宫到坟墓，生命不过是这中间的一小段路程。

我们回不到昨天；明天的我们，又将比今天凋萎了一些。那么，就让我们带着三分庆幸七分无奈，宴飨此刻的完美吧……

｜ 生命如屋

　　生命中的每一天究竟该怎样度过？听到过两种截然相反的说法。一种说法认为：将生命中的每一天当作生命的第一天去过，带着最初看到这世界的新鲜与惊喜，让充满好奇的眼在寻常的天地间读出大美，让心在与万物的美好交流中感到无比的欣幸与满足；另一种说法却是：将生命中的每一天当作生命的最后一天去过，带着即将辞世的留恋与珍惜，及时兑现梦想，及时将生命中的"不如意"改写成"大如意"，宽宥他人，感谢命运，在夕照里掬一捧纯粹的金色，镀亮心情。

　　我同样地喜爱着这两种说法。我愿意让自己热爱世界的心永远葆有"第一天"的新奇和敏感，也愿意让自己珍惜世界的心永远怀有"最后一天"的警醒和勇毅。

　　很久了，我一直不能忘怀那个叫乔治的人。这个不幸的建筑师被命运亏待、作弄——妻子离他而去，儿子被判给妻子后，沉溺于毒品不能自拔，并且和乔治关系疏远。乔治对自己做了 20 年的工作也极不满意，终于在气急之下和上司大吵一架，愤然辞职，冲出了办公室。这个乔治已经够倒霉了，但是，更倒霉的事情又出现了——他被告知得了癌症，仅剩下几个月的生命了。

潦倒的乔治，就像父亲留给他的那幢建在海边的破旧不堪、摇摇欲坠的旧房子。濒临倒塌的房屋，濒临死亡的生命，乔治的世界凄惨到了极点。但是，命运一次次的棒喝却将他打醒了，他下决心改变自己似乎再也难以改变的生活。

倒计时的生命之钟在耳畔滴答作响。

乔治要在这人生的最后几个月里重活一回。

他决定将海边那幢破旧的房子按照自己多年来梦想的样子重新修葺。似乎直到这时，徒然浪费了几十载宝贵生命的乔治才恍然明了，自己这个建筑师原是可以为自己建造一幢美丽房舍的！而他的愿望，还远不止这些。他隐瞒了自己的病情，邀请儿子暑假来海边和自己一道修建房屋，而终日无所事事的妻子开始主动给这父子俩送饭，慢慢地，竟也加入了他们的行列。

海风吹拂，阳光强烈。父子俩在劳动中重建亲情，夫妻俩也在劳动中重温鸳梦。儿子摆脱了毒品的困扰，并得到了甜蜜的爱情。妻子对乔治有了全新的认识。房子建起来的时候，爱也成长起来……

这是美国电影《生命如屋》中的情节。这部影片，以"屋的重建"与"爱的重建"，给人以生命"第一天"和"最后一天"的强烈震撼和深刻启迪。不幸而又万幸的乔治，将人生之悟砌进了墙里。我相信，即使他命赴九泉，也会含笑忆及自己生命尾声中重获的那一次"浓缩版"的、有价值的生命——爱的体验，情的升华，咀嚼人生况味的晨昏，房屋矗立起来时强烈的成就感……

生命总在不觉间流逝。日子被日渐麻木的人过得旧了、更旧了。"第一天"和"最后一天"的提醒，其实是善爱者为自己和他人出的一道人生思考题。在这道思考题面前，愿倦怠麻痹或紧张忙碌的你能有片刻沉吟。问问自己，在激情燃烧过后，是否曾守着灰烬恹恹度日？在人生谢幕之前，是否曾锁着眉头打发时光？在"第一天"和"最后一天"之间，岁月那么漫长，漫长得让人误以为凋零只是远方别人的事。你愿不愿意随乔治一同醒来？像诗人一样活着，像农夫一样劳作，赞美阳光，享受生命……

——生命如屋，值得我们带上所有的热情与智慧去悉心建造。

只有拼命奔跑，才能留在原地

我的密友 H，是个特立独行的女子。

退休后，她先是选择了去贫困地区支教，前两天又告诉我说，她忙起来了，买了多个网络课程，每天学习到后半夜，光是外刊学习笔记就做了五本了！

我开玩笑地说："这么拼，分明是要迎考的节奏啊！"

她说："对呀，就是要迎考。退休了，没事儿干，想考考研究生。没有读研，一直是我心里的头等憾事……"

我听了大惊失色："真的假的？你要报考哪个学校的研究生啊？"

她说："北大。"

我的妈呀！要知道，她可是特级教师、正高级教师、全国名师啊！退了休，不老实在家猫着，居然整出了这么大个动静！

我说：“你这励志都励到火星上去了！去跟马斯克对决吧！！”

据说人在退休后要经历四个心理期，分别是：迷茫期、过渡期、调整期、适应期。可是你看这家伙，她一期也不“期”，直接冲进了奋斗期！

我认识一对夫妻，都是搞笑能搞下大天的主。两个人几乎同时退休。朋友们坐在一起祝贺他俩解甲归田，两个人的相声可就说开啦！

男的说：“突然从驴变成了猪，我还真不会睡觉。”

女的说：“我半夜爬起来蒸包子！没办法，睡得太早，不习惯呀！三点钟就没觉了，只好扑厨房去填补这小心心的空虚。”

男的说：“我俩真发愁，迷茫得要死。”

女的说：“我老公这辈子最大的理想就是再生个儿子。现在国家提倡生二胎三胎，我俩也有了大块儿时间，虽说过了育龄期，但也不甘心啊！寻思着响应一下国家号召，找个医生朋友给想想法儿，再生个孩子玩儿玩儿。”

——举座皆惊！你瞧人家这抱负！

如果说这对夫妇说的不过是笑谈，那么，我的朋友 H 可是百分百认真的。H 的举动，让我明白，人在退休后，天地竟还可以如此广阔！

我在"樊登读书"中曾听到过这样一种说法：你的认知水平，是你身边最亲近的六个人的平均值。如此说来，我的密友 H 就是上帝派来拉高我的认知水平的呀！

"生年不满百，常怀千岁忧。昼短苦夜长，何不秉烛游！"不知为何，汉代这首劝人及时行乐的诗，常被人抽取最后一个句子用来励志，欣然将劝人举着火把疯狂游玩一厢情愿地解读为劝人举着灯盏疯狂学习。

退休后，许多人开启了"秉烛游"的模式，他们的宣言是"我把晚年当玩年"，可你看我这个密友，人家开启的可是"秉烛学"的模式啊！她用行动，霸气地"曲解"了这句汉诗。

《爱丽丝漫游仙境》里红桃皇后有一句话："你只有拼命奔跑，才能够留在原地。"

是啊是啊，H 为了留在"原地"，跑得多么卖力呀！我呢？如果我不跑起来，"原地"还会有我吗？